セシル

CHARACTER...
リマ
コータ
ラヴィ

CONTENTS

IMOUTO NO TSUIDE NI ISEKAI SYOUKAN SARETA ORE

YUSYA TO MAOU NO OTOUSAN NI NARU!?

妹のついでに異世界召喚された俺、勇者と魔王のお父さんになる!?

栗栖ティナ

BRAVENOVEL
ブレイブ文庫

プロローグ

「は～、やーっと引っかかってくれましたね。本当、たいしたことできないくせに慎重すぎるから、余計な手間がかかっちゃいました」

薄暗いダンジョンの通路に突如浮かび上がった、赤々と輝く真円。その中になすすべもなく飲み込まれていく葛城幸太《かつらぎこうた》は、旅の仲間であるはずの美女――メーリスのうんざりした声に目を丸くしていた。

「どういうことだ、これは。いや、マジで抜け出せないんだけど、これっ！」

「別に取って食われるわけじゃないから、心配ないですよ。それ、かかった人間をどこかへ転移させるだけの単純な魔法陣ですし。まあ、どこへ飛ばされるかはわからないのが怖いですけどねぇ。それこそ、海の底だったり、噴火寸前の火口だったり、血に飢えた魔獣の巣……最悪、壁の中だったなんてこともあるかもしれません」

青ざめる幸太を少し離れた場所で見守るメーリスは、ここ最近の何か思い詰めたような暗い表情が嘘のように、晴れ晴れとした表情をしていた。

「つまり、これって……君が仕掛けた罠ってことか？」

自分をここへ導き、しかも先頭を歩くように促してきたのは彼女だ。

助けようともせず、慌てることもない。それを見れば、いくらお人好しと言われている幸太でも察しがつくというものだ。

「私が仕掛けたわけじゃありませんよ、そんな大魔法を使える技量があれば、教団の護衛騎士なんかよりもっと上の地位についていますし。ただ、このダンジョンには何度か入ったことがあるので、罠の位置には少々詳しかったりしただけです♪」

「くっ、冗談じゃない！　何とか……ちっ!!」

強くなる赤い光に幸太の身体は胸元まで飲み込まれ、手を動かすこともできない。

身じろぎするのが精いっぱいの幸太を見下ろすメーリスは、肩ほどの長さのブロンド髪をかき上げると、今まで溜め込んでいた鬱屈を吐き出すように叫ぶ。

「どうしてこんな目に遭うか、わかりますよねぇ？　コータさんがそこまで鈍感なおバカさんではないって、私はよく知っていますから。ただ『おまけ』で召喚されただけ、聖女さまと違って何の能力も持たない『無能』のあなたが、私たちの勇者さまを惑わすような真似をするからいけないんですよ」

「ま、惑わすって、そう言われても……」

その瞬間、幸太の脳裏に放っておけないふたりの少女の姿が浮かぶ。

生活力皆無、ぐーたらで何事も兄である自分なしではできない、妹。

そして、この世界で巡り合い、この数ヶ月ともに旅をしてきて、ようやく心を開き始めてくれた少女。

ここで自分が飛ばされたら、彼女たちを置き去りにしてしまうことになる。

　これからどこかわからぬ場所へ転移させられることよりも、そのことに大きな不安がわき上がり、幸太はどうにか脱出しなければと必死にあがき続けた。

「無駄ですよ、無駄。はぁー、もういいから、さっさと消えて……」

　普段の愛想のよさなど嘘のようにうんざりと呟くメーリスが、いきなり言葉を止めるや否や、

『大変っ、大変ですっ！』と顔を青ざめさせてうろたえ始める。

　一瞬、何事かと思った幸太だが、背後から近づいてくる足音にすぐ気づいた。

「おにぃっ！　ちょっと、ど、どういうことよ、これっ!?」

「ダンジョンのトラップ……この術式は、たぶん、強制転移……」

　もう首まで光の穴に飲み込まれていた幸太が必死に振り返ると、黒髪のツインテールを揺らしながら走る小柄な女性、そして彼女より少しだけ背が高い、雪のように美しい銀髪が特徴的な甲冑姿の女の子が、血相を変えて駆けてくるのが見えた。

「おふたりとも手を貸してくださいっ！　私ひとりではどうにもならなくてっ!!」

　その場にかがみ込んで頭を抱えるメーリスの白々しい演技に、幸太は『切り替えが早い人だな』と呆れつつ、それを糾弾する余裕もない。

　それより優先して伝えるべき言葉があると、先ほどからその身を案じていたふたり――妹と、この世界の運命をその小さな背に託されている勇者へ向けて叫ぶ。

「莉茉《りま》、セシル！　俺は大丈夫だからっ、それより……」

　どうにか声をかけられたのは、そこまでだった。

「……おとーさんっ！」

目を潤ませて必死に叫ぶ勇者――セシルの声が耳に飛び込んできた直後、幸太は頭まで光の穴の中へ沈み――そのまま意識を手放した。

一章　迷子と迷子のめぐり逢い

「とりあえず、ラッキー……って思うべきかね、これは」

目を覚ました幸太はすぐに辺りを見渡し、自分が木々生い茂る森の中にいるらしいことを確認すると、背中の砂埃を払いながら立ち上がった。

自分を罠にかけたメーリスが脅すように口にした、飛んだ瞬間ゲームオーバーというような場所でなかったのは、まだ自分にはツキがある証拠だと前向きに考える。

「それにしても、まさかこんな形で追放されるくらい疎まれていたなんてなぁ。さすがにショックだ。教団のお偉いさんはともかく、メーリスさんとはそれなりに上手くやれてたつもりだったんだけど……いや、しょうがないか。彼女だって立場があるもんな」

しがない社畜、宮仕えの辛さは、この世界に転移する前まではサラリーマン生活を送っていた幸太にもよく理解できるものだ。

何より、今は誰かを恨んでイライラしてもしょうがない。

どんなときでも、ひとまず前向きに現状を乗り切ることを幸太は最優先で考える。

それは両親が事故で早逝し、まだ学生だった自分と十近く歳の離れた妹だけが残されるという悲劇に襲われたときに学んだ教訓だ。

「まずは状況の確認か。あー、荷物持ってこれなかったのが痛いな」

普段持ち歩いている旅道具一式を入れた鞄を、罠にかかった瞬間、驚いて放り投げてしまったのが痛かった。

持っているのはポケットに入れておいた財布、転移する際に持ってきていた元の世界の物がいくつかだけ。右も左もわからない森の中で役立ちそうなものはない。

「まずはこの森を抜け出さないと……いや、その前に川を見つけて、飲み水を確保したほうがいいのか？」

空を見上げ、生い茂る葉の間から太陽がちょうど頭上にあることを確認する。

まだ日暮れまで余裕はありそうだが、それまでに夜を明かす算段をつけなければ、何が生息しているかわからない森の中では危険だ。

元の科学が発展した文明世界から、ゲームでは馴染みの深い魔物が蔓延るファンタジーな世界に転移して三ヶ月程度。ようやく、この世界の常識、旅の仕方というものに慣れた頃だったのが不幸中の幸いだと前向きに考え、自分を勇気づける。

（とにかく森を出よう。すべてはそれからだ。……大丈夫、莉茉の奴は何だかんだ図太いし、何よりあいつはおまけで呼ばれた俺と違う、れっきとした聖女さまだ。莉茉にまで危害を加えるような真似は、メーリスさんも……教団もしないだろう）

そういった安全という面ではむしろ心配するのは自分のほうだが、それ以外のことでは残してきたふたりが気になって仕方がない。

（あのパーティ、俺がいなくなったら料理はもちろん、宿を取ったり、旅の必要品を買いそろえたり……そういった日常の雑事、やれる人間いないからな。莉茉なんて、放っておいたら三食お菓子だけで適当に済ませるとかありえないこと平気でやるし……それにセシルも、最近、やっと食事に興味持ってくれるようになってきたのに……）

あれこれ考えていると、やっぱり残してきたふたりのことが気になって仕方ない。

「特にセシル……ようやく、俺と莉茉に心開いてくれたんだ。……凄く心配してるだろうし……ああ、クソ！　莉茉がフォローしてくれてるはずだけど、それでも……」

最近、遠慮がちながら自分を『おとーさん』と慕ってくれるようになった、その小さな背に『勇者』という重荷を背負わされた少女。彼女のことを思うと気持ちが焦り、じっとしていられないと歩き出したときだった。

「いやっ！　帰らない、もうっ、もういやなのーっ!!」

いきなり茂みの向こうから聞こえてきた、まだ幼さが残る女の子の悲鳴。

慌てて振り返ると、ちょうどそのタイミングで声の主が幸太の胸に飛び込んできた。

「きゃっ!?　誰っ……」

闇雲に走って前が見えていなかったのだろう、幸太より頭ふたつ分以上小さな少女が、驚きと怯えを浮かべた瞳で見上げてくる。

黒く長い髪、透き通る白い肌。身につけている黒を基調としたドレスがよく似合う、まるでお人形さんのような愛くるしさだ。

（こんな小さな子が、どうしてこんな場所にひとりで？）

少女同様、驚きを隠せないでいた幸太だが、ズシンッと地響きを伴って近づいてくる足音ですぐさま我に返った。

「君、追われてるんだな？」

無駄話をしている時間はないと幸太が端的に問いかけると、まだ戸惑い気味の少女はそれでもコクリとすぐうなずき返してきた。

「トマレ、トマレ！」

直後、茂みの隙間からカタコトの聞き取りにくい声とともに、追跡者であろう、全身が茶色い毛で覆われた、見上げるほど大きな巨人の姿が見えた。

（魔物……オーガ族だったか、確か！）

旅の中で、幸太は危険となる魔物についての知識は最低限学んできたが、目の前のこいつはその中でも特にヤバい種族のひとつだ。その体格に見合ったパワーは、人間など紙くず同然になぎ払える圧倒的なものだ。少なくとも、『無能』の幸太がどうにかできる相手ではない。

「……こっちだっ、ついてきて！」

それでも自分ひとりで逃げるという選択肢は、幸太には存在しない。立ち尽くす少女の返事も待たずにその手を引き、できるだけ茂みの深いほうへと駆けていく。

「は、離して！　あいつ、足が速いから、このままじゃ……」

「わかってる。大丈夫、考えがあるんだっ!!」

人と出会うはずのない森の中で、いきなり出くわした男。

魔物に追われて怯えきった少女が警戒するのも当然だが、今は長々と説得している余裕もないと、ただ不安を感じさせないよう、あえて断言する。

「あっ……ど、どうやって……」

「よしっ。ちょうどいい、ここに隠れて！」

バキバキと木々をなぎ倒しながら迫ってくるオーガの気配を感じつつ、幸太はそこそこ大きな木のうろを見つけ、飛び込むように身を隠す。

その刹那、懐から取り出した『秘策』を慌ただしく操作し、自分たちが隠れた木のうろと反対方向に大きく投げた。

「ドコダ……トマレ……」

言葉は単語程度しか話せないらしく、うわごとのようにそう繰り返すオーガは、息を潜めて隠れる幸太たちのすぐ傍までやってくる。

ちょっと注意深く足下を調べられたら見つかるであろう距離。

幸太が背に庇うように守っている少女は、ふくらむ恐怖に耐えられず気の毒なほど全身を震わせ、必死に声を抑えているようだ。

(大丈夫だ。オーガはかしこくはない魔物って聞いている。だから……)

自分の作戦は成功する。そう信じて息をひそめていた瞬間。

『朝〜！　朝だよー、おにぃ!!　ごはーん、ご飯早く作って〜！』

転移直前に聞いた、底抜けに明るい声——幸太の妹である莉茉の声が、離れた場所からかなりの音量で聞こえてきた。

「……コッチカ！　ドコダ！」

すぐさまそれに反応したオーガが、また木々を派手になぎ倒しつつ、声の方向へ突き進んでいく。

その背が遠ざかり、完全に見えなくなるまでほんの一分ほど。

異様に長く感じるその一分をどうにか耐えきった幸太は、やれやれと安堵のため息を零しつつ、窮屈な木のうろから出た。

「何とかやり過ごせたか……追っ手が単純な魔物でよかったよ」

振り返り、少女を安心させるように笑顔で声をかける。

幸太の背を追うように恐る恐る出てきた少女は、周囲の様子を落ち着きなくうかがいながら、オーガが去っていった方向を不思議そうに見ていた。

「さっきの声……どこから？　魔法？　でも、魔力感じなかったのに……」

「ああ、あれはちょっとした『道具』だよ。たいしたものじゃないさ。……急ごう！」

そう説明しながら少女を促し、一刻も早くこの場を離れようと駆け出す。

途中で振り返り、地面に転がったままの切り札——スマホを一瞥した。

(ネットにつなげなくてもカメラ代わりにはなったし、バッテリー節約しながらここまで何とか使ってきたけど……最後の最後で思いっきり助けられたな)

オーガを引きつけた声は、妹の莉茉が『目覚まし用に録音してあげる！』といって、半ば強引に入れたものを再生しただけだ。

レコードはもちろん蓄音機すらないこの世界では、魔法なしでそんなことできるはずもないし、少女が驚くのも無理はない。

（ここでなくすのは惜しいけど……もうほとんどバッテリー残ってなかったし、拾ってる間にオーガが戻ってきたら洒落にならないぜ）

幸太は少し惜しいと思う気持ちをそう振り払い、少女の手を引いたまま走り、少し離れたところでまた木の幹に身を隠し、いったん呼吸を整えた。

「ふぅ……とりあえず、これですぐ見つかることはないと思うけど……さて、どっちへいけば森を出られるのか。えーっと……」

改めて少女のほうを振り返り見て幸太は、慌てていた先ほどまでは気づけなかった、黒髪に隠れた対の小さな角のようなものに気づいた。

普通の人間に存在しないそれは、魔族と呼ばれる人々が持つ特徴だ。

「ぶ、無礼者っ！　我をいつまで見下ろしている!!　わきまえよっ！　そもそも、我の許可なく手を引いて走るなどっ、そ、それも無礼、無礼きわまりないことだぞ！」

驚く幸太を、少女がその平たい胸を大きく張って一喝する。

「あっ、ご、ごめんごめん。ちょっと驚いちゃってさ。その角……」

「ふん、人間風情が！　我が魔族と気づいて恐れおののいたか!?」

素直に謝る幸太をさらに威嚇してくる少女だが、ふわりとした短いスカートの裾から覗き見える膝が小刻みに震えていて、怯えているのは明らかだ。

(警戒するよな、そりゃ)

この世界で魔族は魔物に近い存在として、人との間に大きな溝がある。

魔族が多く住む地域に近い場所、一般的に田舎と呼ばれる辺りはそれほどでもないらしいが、都心部ではそれが特に顕著だ。

その実例を旅の途中でいくつも見てきた幸太には少女の気持ちがよくわかるだけに、できるだけ安心させるよう、屈み込んで彼女と同じ目線になり、改めて声をかける。

「大丈夫、俺は別に魔族とか気にしないからさ。どういう事情でこんな場所で魔物に追いかけられていたのか……それを話してくれとまでは言わない。でも、君がよければ、安全な場所……せめて森を出るまでは俺に送らせてくれないかい？」

真っ直ぐ少女の赤い瞳を見つめ、それ以上せかすことなく返事を待つ。

急いでこの場を離れなければ危険なのはわかっているが、それでもこの少女をひとり残して逃げるなど、幸太にはできるはずがない。

(泣いてる女の子見ると、どうしても莉茉と重なって見えちゃうんだよな)

早くに両親を亡くした寂しさに泣きじゃくる妹を慰め、必ず自分が立派に守る、育て上げてみせると誓った日から、そう言う性分になってしまったのだ。

「わ、我は……ラヴィは……」

どうにか名前を口にした少女だが、そこで言葉は止まり、ただこちらを探るようにじっと見つめてくるだけ。何を話せばいいのか考えがまとまらないようだと察した幸太は、こちらから話を振っていくことにした。

「ラヴィって言うんだ。その……偉そうなこと言っておいて、俺も森の外まで出る道、わからなかったりするんだけどさ。それでもひとりでうろつくよりは多分安全だと思う。だから、どうかな？　俺もひとりじゃ心細くて寂しいしさっ、ははは っ」

悩む少女――ラヴィをリラックスさせようと、わざと情けない顔で苦笑してみせる。

そんな幸太の気遣いが通じたのだろうか、不安そうに視線を泳がせていたラヴィは、やがて意を決したように小さくうなずいた。

「……わかった。でも……森を出ても、ラヴィは……帰る場所がない……」

「そっか……じゃあ、一緒に探そうか？」

「えっ？」

「俺も似たような状況だしさ。とりあえず、一緒にしばらく落ち着いて暮らせる場所を探しにいかないか？　それまで、ちゃんとエスコートするって約束するよ」

一度そう決めたのだから、中途半端に投げ出すことなど決してしない。

当然のようにそう決意して答えた幸太に、ラヴィはやっと少しだけ元気を取り戻したように顔を上げた。

「……わかった。ラヴィ……いや、我をエスコートすることを許す！」

「承りました、お嬢さま」

その可愛らしい容姿に似つかわしくない尊大な口調で命じてくるラヴィへ、幸太はそれに合わせて騎士のように跪いて応えた。

(魔族の中でも、どこかの貴族のお嬢さまだったりするのかな、この子)

口調もそうだが、身につけているものも高価そうだし、魔物にひとり追われてこんな森の中を逃げ惑っていた上に帰る場所がないとなると、かなり厄介なトラブルに巻き込まれていることは間違いない。

(さて、妹のおまけで召喚されただけの俺に、どこまでのことができるか……それでもやれるだけやるさ)

気を緩めると胸いっぱいにふくらんできそうな不安を抑え込み、幸太はラヴィの手を引いて立ち上がる。

「森を出る方向は、ラヴィ……我がわかる。あっち……」

「本当？　よかった……何とか夕暮れまでに抜けられるといいな」

勘で進むしかないと覚悟していた幸太は、思わぬ情報に安堵して歩き出す。

ラヴィは迷うことなくはっきりと指さしているし、何かしら根拠があって言っていると信じて大丈夫そうだ。

(魔族は基本的にみんな魔法使えるっていうし、それで調べられるのかもな)

いろいろと謎が多い少女だが、やっと同行を許してもらえたばかりで、根掘り葉掘り聞いても不安がらせるだけだろうと、何も問わずに歩き出す。

しかし、幸太は気づいていなかった。

謎多く見えるのは、自分も似たようなものだと。

「えっと……あの……」

「んっ？　ああ、俺は幸太。みんな『コータ』って呼んでるよ」

言葉を濁していたラヴィを見て、どう呼びかければいいのか迷っているのだろうと察した幸太が答える。

「そ、それじゃ……コータ。その……コータは何者？」

「へっ？　俺が何者って……それは……うーん……」

改めて問われると、どう答えればいいのか少し悩む。

この世界へ転移してくる前なら、うだつの上がらない、もうすぐ三十路のサラリーマンと少しの自虐を入れて答えるところだが、それでは通じないだろう。

「……どうして、この森に？　近くに人が住む街はないし、ここにわざわざ入ってくる人間なんて見たことも聞いたこともない。それにさっきの……魔法を使わずに、どうやって誰もいない場所から人の声を出すことができたの？　わからないことばかり」

「うーん、そうだな……って、この森って、そんなに人里離れた場所だったのか」

幸太が転移前にいたダンジョンは、街からそれほど離れた場所ではなかった。

考えていたより遠くに飛ばされたのだとわかって頭を抱えたくなるが、ラヴィの前で不安がらせるような姿を見せられないと堪える。

（……そうだな、俺も気晴らしになるか）

薄暗い森の中、ただ黙々と歩き続けるのも少し怖い。

それにこの三ヶ月、いろいろありすぎて自分の中でも混乱している部分がある。一度、振り返ってみるのもよさそうだと小さくうなずく。

「ちょっと長い話になるけど、聞いてくれるかな？　まあ、暇つぶしにはなるよ」

「……聞きたい」

興味津々の様子でうなずくラヴィを確認し、幸太は激動の日々を振り返りつつ、語り出した――。

二章　妹のついでに異世界召喚された兄が、勇者のお父さんになるまで

すべての始まりは、今から三ヶ月ほど前の、ごくありふれた休日だった――。


「おにぃ、次はあっちのお店ね！」

「おい、まだ回る気か……」

繁華街の一角、特定の趣味の者たちからは『乙女ストリート』と呼ばれる、女性向けの本やゲームを扱うお店が密集している地帯。

そこをまるでハイキングでも楽しんでいるかのような軽い足取りで進む莉茉の背を、両手に重い紙袋を持った幸太は疲れ果てた表情で追いかけていた。

「次はまた本屋ね。イベントの新刊、そろそろ並んでるはずだしさぁ♪」

「こんなに何冊も買うなら、通販にしろよ……まったく」

「え～っ、おにぃはわかってないなぁ。やっぱりお店で表紙とサンプルを見て吟味しないと、掘り出し物にはなかなか巡り合えないんだってば」

ぼやく幸太へ、振り返った莉茉は小柄な身長のわりには立派すぎるほど育った胸を大きく張り、当然のように訴える。

「それに、次の本のインスピレーションを湧かすには、こうやって生の刺激を脳に与えること

が大事なんだよねぇっ。と言うわけで、もうちょっとだけよろしくっ♪」

「ああ言えばこう言う……口だけは達者に育ってくれたな、お前は」

十年以上前、両親を一度に失ってしばらくは、まったく笑うこともないくらい沈みきっていたときもあった莉茉。

それを思えば、こうしてニコニコと笑顔を絶やすことなく、兄に対して遠慮なく軽口を叩くたくましさが嬉しくも感じる。

(ちょっとたくましいというか、偏った趣味にハマリすぎたのは困りものだけどな)

昔からイラストを書くことが好きだった莉茉は、中学くらいにそれをネットにアップするようになってからどんどんのめり込み、大学生となった今ではその界隈ではそこそこ名が知れた同人誌作家になっているらしい。

どんな作品を書いているのかは、怖くて確かめたことがない。

時々構図のモデルを頼まれるが、ぬいぐるみを相手役に抱き合う姿勢で立ったり、ベッドに寝転がるようなものばかりなのはどうしてなのか。

『ナマモノは扱ってないから、大丈夫』

そううそぶく言葉の意味もよくわからないが、兄である自分が知らないほうがお互いのために幸せだろうということは、本能的に察しがついている。

こうして買い物に付き合うときも、袋いっぱいに詰まっている一冊ずつがやたらと薄い本の表紙も見ないように気をつけているほどだ。

（ま、まあ、同人活動？　とやらも順調で、最近は小遣い分くらいは自分で稼げてるみたいだし、趣味に精を出すのはいいことだよな、うん！）

　幸太は沸き上がってくる複雑な思いを誤魔化しつつ、少し先をいく莉茉を追う。

「おにぃも、何か趣味を持てばいいのに。もう、あたしもあまり手がかからない歳になったんだしさぁ。三十路の男が、休日にやることと言えば妹のエスコートか家事しかないなんて、ちょーっと寂しすぎない？」

「余計なお世話だ。そもそも、誰が手がかからなくなったって？　未だに炊事洗濯料理も何もかも全部俺任せだろうが。というか、もういい歳なんだから、せめて下着くらいは自分で洗って畳むくらいの恥じらいを見せろ。それと俺はまだ三十路じゃない」

　幸太は最後のひと言に、特に複雑な感情を込めて返す。大台に乗るまであと数ヶ月、ギリギリまで抗いたい微妙な時期なのだ。

「えーっ、あたしは女子力とかあんまり興味ないからなぁ～。そっち方面はもうおにぃに任せて生きていく覚悟、完了してるし♪」

「一生、俺任せのつもりかよ。まったく、そろそろ彼氏のひとりも連れてきていいだろうに……その調子じゃ、結婚なんて夢のまた夢か」

「いいでしょ、そのほうが。おにぃひとりをおいて、あたしだけ幸せになるとか、ちょっと気まずいし～。まっ、おにぃがいい人見つけてきたなら、ちょっと考えるかな。まあ、あたしがいつ誘ってもふたつ返事でついてきてくれるようなおにぃに、そんな出会いを掴めるチャンスなんてそうそう来ないと思うけど」

「あー、聞こえない。これだけ重い荷物持って歩かされたら、腹減ってきたわ。はぁ……まあ、いいから、さっさと残りの買い物済ませてメシにいこうぜ」

ひと言返せば、その数倍ポンポンと胸に突き刺さる言葉が戻ってくる。そんな口の減らない妹に降参と首を横に振りつつ、幸太がそう促した直後だった。

「そうだね。じゃあ、最後のこの裏路地の奥にあるお店……えっ？」

先導するように一歩先をいく莉茉が角を曲がった途端、その行く手にまばゆい光を放つ真円の鏡らしきものが現れたのだ。

「はっ？　何だ、これっ……」

何事かわからないが、とにかく普通じゃない。

そんな不安に襲われた幸太は荷物を左手にまとめて持ち替えると、空いた右手で莉茉の肩を掴んで後ろに下がらせようとした――が。

「えっ、嘘、何これ、もしかして異世界召喚とかそういうの？　いやいや、ありえないけどぉ、でも、もし本当にそうだったら……ちょっと覗くだけぇ～」

やたらノリノリの妹はそんな兄の意思などお構いなく、興味津々で身を乗り出す。

「お、おい、莉茉……うわっ！」

逆に身体を引っ張られる形になった幸太は、重い荷物を片手に持っていたせいもあってあっさりとバランスを崩してしまう。

　そして――。

「きゃあっ、ちょ、おにぃ!?」

「うわあああっ！」

　兄妹仲よく前のめりになってしまったふたりは、そのまま迫ってきている光の鏡へ突っ込む形になってしまった。

「何だよ、これ、まぶしくて見えない……ううう っ！」

　全身が光に包まれ、目を瞑ったまま必死に体勢を立て直した刹那。

「おおっ、成功したか！　……しかし……なぜふたりなのだ？」

「聖女の召喚儀式で、男が一緒に呼ばれるなど……前代未聞のことですぞ、猊下！」

　それなりの年齢らしい威厳ある男たちの戸惑う声に誘われ、こすりながらどうにか目を開けた幸太と莉茉は、また兄妹仲よく言葉を失ってしまう。

　高いビルに挟まれた路地裏へ入ったはずのふたりが立っていたのは、中央に赤い絨毯が敷かれた石造りの部屋。

　そして取り囲むように並んでいるのは、見るからに重そうな鉄製の甲冑に身を包んだ兵士たち。白く長いあごひげが威厳を感じさせるローブ姿の老人と、そのおつきらしい小太り眼鏡の中年男。

「……間違いない、です。そちらの人から、聖女の魔力を感じる。男の人のほうは、私にもわかりません。力……何かを感じる。でも……はっきりしない」

そして最前列、幸太と莉茉を品定めするようにじっと見つめているのは、莉茉より少しだけ背が高い、雪のように美しい銀髪が印象的な少女だった。

（な、何がどうなってるんだ、これ？　夢、夢だよな……）

幸太は自分を指さす少女に反応できないほどパニックになっていたのだが、彼の横に立つ莉茉はまるで正反対だった。

「うはっ、マジ、マジですか、これ！　本当に異世界召喚!?　きたぁあああっ！　今、流行ど真ん中のネタにリアルで巡り合えるとか、うっはぁっ、莉茉さん、運がいい!!」

小躍りしそうな勢いで叫んだ莉茉が、そのまま銀髪の少女の手を掴み、キラキラと目を輝かせて問いかける。

「あなたがあたしとおにぃを呼んだの？　あたしのこと、聖女って言ったよね？　察するところ、あたしってば魔王討伐の旅に出る勇者さまとか王子さまとか、そういう人の同行者として召喚されたとか？」

「……どうして、そこまで……？　この術式には、召喚対象に知識を植え付けるようなものはないはず……」

驚いて目を見開いた銀髪少女が振り返ると、後ろにいる老人と中年男はそれ以上に驚いて言葉を失っていた。

「今まで召喚された聖女の記録を見る限り……皆、初めは突然の召喚に驚き、取り乱す者ばかりだったはず……そうじゃったな？」

「は、はい。その……今回の聖女さまは、とても物わかりがいいと言いますか、察しがいいと言いますか……い、いえ、何も問題ないのでは？　これも、恐らくは召喚魔法を使用した勇者、セシルの力が優れている証であると言えましょう！」

　首を傾げる老人に眼鏡小太りの中年男が誤魔化すように訴えつつ、銀髪の少女のほうへ手を向け、大げさに褒め称えてみせる。

（勇者？　異世界？　召喚？　いや……ゲームかよ。そんな、でたらめなっ）

　妹と違ってそんなにもすぐこの状況を受け入れられない幸太は、今にも倒れてしまいそうなくらいの目眩に襲われながら、どうにか立ち続けるので精いっぱいだった。

　そんな兄にお構いなく、莉茉はどうやら勇者らしい、セシルと呼ばれた銀髪少女の両手を掴み、上下にブンブンと振り回すようにしてその興奮をアピールし続けていた。

「へぇ、あなたが勇者なんだ！　ぅんぅん、女勇者ってのもいいじゃないっ、いいじゃないのっ!!　そういうのも莉茉さんは大好物だからっ♪　うん、クールそうで、でも顔立ちは可愛らしくてぇ、まさに理想の女の子勇者って感じよねぇ、あなたっ」

「ど、どうも。……聖女さまは、私の思っていたイメージと違う……けど……でも、いい人……それはわかる……」

　もう抱きつきそうな勢いで迫って喋りまくっている莉茉に、セシルは完全に気圧されて数歩後ずさりしてしまっている状態だ。

　そんなふたりの姿を、老人のほうは微妙そうに見つめているのだが、中年男のほうはどうにかこの場を予定どおり収めたいという意思をその作り笑いの顔へ露骨に浮かべ、少し芝居がかった口調で語り出した。

「いや、やる気に満ちあふれた聖女さまで何より！　勇者殿とも早々に打ち解けられたようですし、これはすぐにでも旅立っていただいて問題ないのでは？」

「……コーヴィン司祭、異世界からの来訪者である聖女さまのために、しばらくの間、この世界のことを学んでもらう時間を取る予定だったはず……です」

「ですが、セシルさま。魔王の影響で魔物たちや不届きな魔族どもが人々の安全を脅かすようになって数年、勇者であるあなたの助けを待つ人々は、大勢いるのですよ？　せっかく聖女さまがこのように積極的なのですから、旅立ちは急ぐべきでしょう!!」

　不安を訴えるセシルの言葉を、どうやら司祭らしい中年男——コーヴィンが、大げさに天を仰ぎ見ながら一蹴する。

「うむ。確かに我がエルム教団には、勇者の救済を求める民草の声が多く届いておる。早急に応える必要があるのは間違いあるまい」

　後押しするように、老人が重々しい口調で続けた。

　コーヴィンが司祭なら、彼がへりくだっているこの人物はそのさらに上の地位——大司教辺りなのだろうか。

　少し落ち着きを取り戻しつつ、とりあえず現時点で把握できる情報をかき集めて自分の中でまとめていた幸太だったが、悠長なことをしている場合ではないとすぐ気づく。

「んーっ、よくわからないけど、異世界転移したら、すぐ冒険って鉄則でしょ！　聖女っていうからには、あたし、何かチート的な能力に目覚めちゃってたりするんでしょ？　うはっ、早く使ってみたいし、いいよ、旅に……」

「いいわけないだろうがっ、落ち着け！」

乗せられるまま、今すぐにでもセシルの手を掴んだままこの部屋を飛び出していきかねない勢いだった莉茉の頭を軽く小突いてから、幸太は妹を目の前の男たちから守るようにその前へ立ちはだかった。

「冗談じゃない。まだ信じられないが、俺と妹を何の許可もなく一方的にここへ呼びつけたのはあんたたちなんだな？　それでロクな説明も謝罪もないまま、旅に出ろ？　そんな無茶が通じるわけないだろう！」

「何だね、君は。我々が召喚したのは勇者さまを支える聖女の力を持つ、そちらの女性のみ。何らかの不手際でおまけとして呼ばれた者に、用などないっ！」

抗議する幸太に、コーヴィンはまるで悪びれもなく反論してきた。司祭というだけあって、その威厳はなかなかのものだ。しかし、どう考えてもこちらに非はない上に、大事な妹の安全がかかっているのだ。引くわけにはいかない。

「俺はあんたらが勝手に聖女とか呼んでいるこいつの……莉茉の兄で、保護者だ。あんたたちが何者かもまだ聞いていない。ここでは大層なお偉いさんなのかもしれないが、それでも妹の身を危険にさらすような真似、兄の俺が絶対に認めない！」

威厳ある、自分より年上の中年と老人相手に、幸太は折れることなく言い放つ。

(これが現実とかまだ信じられないけど、勇者、魔王？　それって、間違いなく危険案件だろ。昔っから引きこもり趣味で運動音痴の莉茉が、無事で済むわけがない！　それに、この子も……)

立ち位置的に、莉茉と一緒に背で庇う形になってしまっている銀髪の勇者、セシル。

どうすればいいのかわからずに少し戸惑いが見える彼女は、まだ幼さがはっきりと顔に残っている愛らしい少女だ。

何か凄い力を持っているのかもしれないが、それでも、こんな年頃の少女をまくし立てるように危険な旅へ追い込もうとしている目の前のふたりが、決して信用できない人物であることは本能的に察知できた。

(引くわけにはいかないぞ、ここは！)

特に格闘技の経験があるわけでもないが、それでもいざとなれば自分の身を引き替えにしてでも妹だけは絶対に守ってみせる。両親を亡くしたときに誓った思いを改めて噛み締めつつ、幸太は目の前の男たちを厳しく睨みつけた。

自分をおまけと疎んでいる彼らが、壁際に控えたまま無言で成り行きを見守っている兵士たちに『邪魔者を排除しろ』と命じるようなことがあれば、どうしたらいいだろう。

そんな不安がこみ上げてきた直後。

「くっ、うっ……うむ……その男の言うことも一理あるのではないか……なぜか、そう思えてくる……違うか、コーヴィンよ」

「げ、猊下、実は私もその……こんな若造の言葉だというのに……くぅっ……」

意外にも幸太の抗議に思うところがあったのか、ふたりは苦々しい表情をしながらも反論してくる様子はなかった。

「うわぁ……おにぃ、こわーい。あんな偉そうなおじーさんとおっさん怒鳴りつけてしょげさせるとか……さすが」

「あのな、莉茉。誰のせいだと思ってるんだ？　お前が、わけわからないこんな状況でバカみたいにテンション上げて安請け合いしたからだろうが」

冗談っぽく突っ込んできた妹にも、幸太はしっかり注意しておく。

図に乗るとどこまでも突っ走る。それは莉茉の悪癖のひとつだ。

「あはは、ごっめーん。でもさぁ、おにぃ、異世界だよ、異世界！　しかもあたしが聖女で、こんな可愛い勇者ちゃんと一緒に冒険とかさぁ、考えるだけですっごくワクワクするでしょ？しない？」

「その前に、まずどうやって帰ればいいかとか、身の安全の心配するとか……そういうの、まったく考えてないだろ、お前。はぁ……」

改めて莉茉との思考のズレを実感して頭を抱えていると、こちらをじっと見つめるセシルと目線があった。

「……今……何か、力を感じた。……温かい……」

「えっ？　いや、俺は別に何もしてないけど……あー……とにかく、君からもいろいろ話を聞かせてもらいたいし……とにかく、どこか落ち着ける場所で仕切り直さないか。そっちのおふた方もそれでいいですよね？」

武装した兵士に囲まれた薄暗い石造りの部屋なんて、とてもではないが落ち着いて会話する気分にはならない。

「う、うむ……談話室を用意させよう」

「それでは、こちらへ……」

まだ何か納得できていないというような不満げな表情ながら、大司教とコーヴィン司祭は幸太たちを促すように部屋を出て行く。

（それにしても異世界転移って……いや、本当、ありえないって。どうして……）

莉茉を促すように軽く肩を叩いてから後を追い始めた幸太は、自分たちがとんでもないトラブルに巻き込まれてしまったことに、改めて胃が痛くなる思いだった。


魔に支配され、人々が蹂躙され続けていた暗黒の世界。

それが異世界からやってきたという聖女に導かれた勇者の手で解放された。それが、今も残る最も古い記録だという。

それからも魔物が彼らを統べる長——魔王の力が強まるたびに、飽きることなく侵略戦争を仕掛けてくるが、それを勇者、そして現代にも伝えられている召喚術で呼び寄せられた聖女の力で追い返す。

そんなことが何百年、何千年も繰り返されているそうだ。

(この世界の公用語が日本語なのは、初代の聖女さまが喋っていた言葉がそのまま使用されるようになったから……か。召喚されたばかりのときは、そんなところまで気が回らなかったけど、異世界で言葉が通じるって、普通ならおかしいことだよな)

幸太がそれに気づいたのは、そういった世界の歴史を教えてもらったときだった。どうやらあの召喚術で呼び寄せられる聖女は、必ず日本人らしい。

原理まではよくわからないが、おそらくは日本のどこかと繋がるような術式になっているのだろう。

(それに、この世界に伝わってる日本語が俺たちの時代と大差ないってことは、こっちの世界と元の世界じゃ、時間の流れが大きく違うのかもしれない……)

どれくらいの差かはわからないが、急いで戻れば会社を何日も無断欠勤するようなことなく、日常に復帰できるかもしれない。

魔王を倒して世界に平和を取り戻した聖女は、そのままこの世界に残るものもいれば、いずこかへ消えた——おそらくは元の世界に戻ったものもいるという。

そんな諸々の説明、そしてこの世界の状況を詳しく聞かされた結果——。

「くっ……聖女さま、追い込みました。お願いします!」

「はーい、莉茉さんにまっかせないっ！　炎極魔法……術式第二限定解除、あたしの声に応えし愛しき精霊たちよ、汝らの内に眠りし紅蓮の力を我に捧げよ!!」

甲冑姿の女騎士――勇者の付き人として同行しているメーリスの呼びかけに、莉茉は手に持つ杖を大げさに振りノリノリで詠唱を叫ぶ。

直後、杖の先から放たれた巨大な火球が、正面に集まっていた有象無象の魔物たちを飲み込んでいった。

強烈な爆発音とともにそれが弾けると、十を超える数の魔物はすべて消滅し、後にはそれらを召喚した大物、一見人間だが、背中の大きく黒い翼が特徴的な『デモン』と呼ばれる魔族のひとりだけしか残されていなかった。

「くっ、あれだけの召喚獣が一撃で潰されるだと！　馬鹿な……人間どもの『聖女』は、代々癒やしの力に優れたものだと……」

「いやー、どういうわけか、あたしは攻撃魔法に偏ってるみたいなのよねぇ、才能。まあゲームでもヒーラーとか面倒臭くてやらなくて、アタッカー専門だし、性格かな？」

人間と違って元々青い顔色をますます青ざめさせて唸るデモンに、莉茉は格好つけて杖をクルクルと回しながら答える。

召喚されたときに来ていたTシャツとカットソーというラフな格好から一転、教団から支給された聖衣がよほど気に入っているのか、ポーズを決めるなり背後に立つ兄のほうへドヤ顔を向けていた。

「加減しろよ……まったく」

ぼやきながら、幸太はまだ目の前の光景が現実のものと信じ切れない状態だった。

(あの莉茉がこんな物騒な魔法をいくつも使えて、それで見るからに怖い化け物どもをなぎ倒してるとか……悪い冗談だ)

召喚された際、聖女の資質を持つものには絶大な魔法の力を与えられると説明を受け、実際に少しその使い方のコツを習っただけで、その才能を開花させてしまった。

危険な異世界で、莉茉が自らの身を守る力を得たことはよかったと思うが、それで調子に乗りすぎてやしないかと、どうしても心配でならない。

(旅に出るの、止めるべきだったか。いや、でも……)

『異世界召喚って、オタに取ってロマンよ、おにぃ！　それにどっぷり乗っからないで戻るとか、一生後悔するって！　あたしはやる、絶対にやるっ!!』

そう強固に主張する莉茉を説得しきれなかった幸太は、自分たちを召喚した大司教とコーヴィン司祭──『エルム』と呼ばれる教団の思惑どおり、旅立つこととなった。

だが、そう決めたのにはもうひとつ、大きな理由がある。

それこそが、今、残りひとりになった敵に勇ましく斬りかかっていく少女──勇者セシルの存在だった。

「後は私の仕事……」

迷いなく淡々と呟いたセシルは、愛用の長剣を目に見えぬ早さで抜くや否や、鋭い剣さばきでデモンを追い込んでいく。

「ぐおっ、くっ、私の目で追い切れぬだと。まさか、勇者とはいえ、このような小娘ごときに、歴戦の私が……くううっ!?」

デモンはその手の鋭い爪——情報収集役であるメーリス曰く、鋼鉄の鎧すら紙のように切り裂く恐ろしいものを振りかざして対抗しているが、幸太の目には閃光が網目状に走っているとしか見えないセシルの剣に、防戦一方だった。

「おー……凄いよねぇ、セシルちゃん」

「当然です。彼女はエルム教団が誇る勇者候補生の中でも、史上もっとも優秀な成績を収め、最年少で勇者の称号を授けられたものですから」

幸太の横に並び、セシルの圧倒的な戦いぶりを感心する莉茉に、メーリスがまるで自分のことのように胸を張って言う。

(勇者候補生……か。正直、まだ受け入れられないんだよな……)

初代聖女の教えを受けたものが興した、エルム教団。

彼らは魔王復活に備え、代々勇者を支える存在として、この世界ではほぼ唯一の大教団としてその名を轟かせているという。

この数百年は、世界中から勇者としての資質を持つ者を集めて内部の組織で育成し、勇者をその手で作り出している。

(それって、要するに子供をいいように丸め込んで自分たちに都合よく育ててるってことだろ

……俺たちの世界じゃ、テロリストがやってるようなことだ。いや、まあ、世界が違えば常識も違う、それはわかるけどさ)

なまじ同じ日本語が使われている世界だけに、幸太はどうしても『異世界なのだから』と割り切ることができない。

「無駄、その程度で私には勝てない。盟約を破り、山を下りて麓の村に手を出した罪……償ってもらう」

「黙れっ！　何が盟約だっ、貴様ら人間どもはいつもそうだっ……くぅっ!!」

汗ひとつかくこともなく、冷淡にデモンを追い詰めていくセシル。その幼い顔立ちのとおり、彼女は莉茉よりも片手の指の数ほど年下だという。

(いくら勇者として凄い才能を持ってるからって、あんな歳の子が戦うって聞かされたらどうしても……な)

莉茉を強く引き留めずに旅立ちを許したのは、セシルをどうしても放っておくことができなかったというのも大きな理由のひとつだ。

(まあ、こうしてついてきたところで、莉茉のおまけで呼ばれた俺に何ができるってわけでもないんだけどさ。それでも……な)

聖女として呼ばれたのは莉茉であり偶然巻き込まれただけの幸太も、もしかしたら特別な力――莉茉風に言うと、『チート能力』があるかもしれないと、調べられた。

しかし、エルム教団で調べた限りでは、『何かしら力があるようだが、少なくとも特別なものではない』。

勇者の付き人として同行するものに必要そうな能力については、一通り把握しているエルム教団がわからない能力、おそらくは日常生活でちょっと便利になる程度の取るに足らないものだろうということだった。

そんな幸太も旅に同行すると申し出たとき、『役立たずはここで保護してやるからおとなしく待っていろ。足を引っ張るな』ということを、多少は遠回しな言葉で警告されたのだが、セシルはもちろん、莉茉のこともひとりで送り出すなどできないと、強固に同行を主張し続けた。

莉茉も『おにぃが一緒じゃないと、あたしもパスかな』と言い出したこともあり、どうにか『雑用係』というほぼおまけ扱いで同行が許されたのだ。

(実際、ここまで俺は何もできてないしな……)

旅立ち初日、『人間が山を荒らさない限り、魔族側も手を出さない』という過去に結んだ協定を破り、村を襲うようになった魔族の討伐という任務を与えられ、こうしてやってきたわけだが、道中の露払いはメーリスと莉茉が難なくこなし、そして本命は今、セシルがひとりで圧倒的に追い詰めている。

幸太は文字通り荷物持ちのおまけとして、ただ一歩後ろで見守っているだけ。この中では最年長、しかも唯一の男としてはなかなか情けない状況だ。

「どうですか、コータさま。セシルさまもリマさまも、勇者、聖女の名に相応しい素晴らしいお力を発揮しております。もう安心して、お戻りになられては?」

エルム教団所属の騎士であり、『お目付役』として派遣されているメーリスが、笑顔の奥に『足手まといは不要ですよ』という思いを露骨に浮かべて声をかけてくる。

「いや……うん……」

それに曖昧な返事をしつつ、幸太は別の疑念に首を傾げていた。

(まあ、セシルは怪我することもないようだけど……)

引っかかるものの正体を確かめるように、幸太はセシルではなく、彼女が戦っている魔族——デモンのほうに視線を集中する。

「負けんぞっ、私は！　私がここで負ければ……くぅっ!!」

ところどころに傷を負いながらも、逃げる様子など一切なくその場に踏みとどまって奮闘を続けるデモンの表情は、どうしても見逃せない必死さがあった。

(何というか……昔の俺の……っ……)

ただの『荷物持ち』が余計な口を挟んでいいのか、どうか。

ましてや相手は人と姿形が似ていて言葉も通じるが、魔族という別の種族だ。

このまま黙って成り行きを見守るべきだと自分を説得する理由はいくつも浮かんでくるのだが、それでも幸太はいつの間にか歩み出てしまっていた。

「その戦い、ちょっと待ってくれっ！」

白熱する激闘を、言葉だけで止められるかどうか不安ではあったが、幸いにもセシルとデモンは争いをやめて何事かと幸太のほうを振り向いてくれた。

「……大丈夫、私は負けない。下がっていて」

「いや、それを心配してるんじゃない。……俺はそっちのデモン……さん？　に、どうしても確認しておきたいことがあるんだ」

気遣いは不要と自分を一瞥するセシルを片手で制しつつ、幸太は自分を訝しげに睨んでくるデモンに改めて目線を向ける。

「俺たちは、あんたが昔の盟約を破って麓の村を襲うようになったから討伐してほしいという命令で来た。でも……あんたは本当に盟約を破ったのか？」

「ふん、人間が！　今さら何を……貴様らのような卑劣な連中に語る言葉など……」

「頼む、話してくれ。……あんた、守るものがあるんだろう？　ここで無駄死になんてできないはずだ。……違うか？」

幸太は怒鳴ってくるデモンの迫力に少し怯えながら、それでも額に浮かぶ冷や汗を拭うこともせずに今一度問いかける。

すでにここまで戦っておいて、すぐ話をしてもらえると思っていない。

それでも本当に決裂するまで粘り続けなければ、絶対に後悔する。胸に浮かぶその思いに背を押されるまま、幸太はじっとデモンの返事を待った。

「くっ……何だ、お前は。なぜ、ただの人間の言葉がこうも胸に……くっ……我々は盟約を破ってなどいない！　先にそれを破り、山に立ち入っただけではなく、我らの住処の一部を破壊したのはお前たち人間だろう!!　私はその報復を行ったまでだっ！」

そう吐き捨てたデモンは、そう問いかけに答えてしまった自分自身が信じられないというような戸惑いの表情だった。

それを聞いた幸太は、『やっぱり』と納得してうなずきつつ、横に立つセシルへ確認するように問いかける。

「セシル、君が命令を受けたのは、『盟約を破った魔族の討伐』だよね。でも、彼は盟約を破ったのは人間のほうだっていう。……これは、ちゃんと調べて解決しなければいけない問題じゃないか？」

「……でも、人を襲う魔族を、魔物を倒すのが勇者の使命……です。だけど……命令は絶対……その命令と事実が違うなら……私はどうすれば……？」

「そうです、セシルさま。コータさま、魔族なんかの言葉にたぶらかされて、セシルさまを惑わすような真似は……」

うつむくセシルを見てメーリスが血相を変えて叫ぶが、その言葉を遮るように莉茉が彼女の口を片手で塞いでしまった。

「はーい、そこまで。人間側が先に盟約破ってるなら、そっちのが大問題でしょ。だって教団に嘘の報告して勇者を動かしたことになるんだもん。教団と勇者がコケにされたってことでしょ？　やばくない？」

「むぐっ、う、そ、それは……その……」

莉茉の言葉に反論できず押し黙ってしまうメーリスに、彼女から答えを聞けると思っていたらしいセシルは戸惑いの表情を浮かべていた。

「私……わからない。どうすれば……？」

「大丈夫だよ、セシル。わからないなら、確かめればいい。すべてはその後だ」

幸太はセシルを落ち着かせるように優しく声をかけ、手出しすることなく話を待ってくれていたデモンに改めて提案する。

「その破壊された現場を見せてもらえますか？　調べて、それが人間の手によるものなら……犯人を探します。それが解決したら、また改めて盟約を結び直すチャンスをもらえると嬉しいかなって思います。平和的に解決できれば、それが一番でしょう？」

「……いいだろう。何なのだ、お前は。覇気のない顔をしている癖に、その言葉に妙な説得力がある……」

いぶかしがりながら、それでも提案を受け入れてうなずいてくれたデモンを見て、幸太はようやく緊張が解けてホッと息をついた――。


「凄いよね、おにぃ。どうして見抜けたの？　ねぇねぇ、種明かししてよぉ！」

「種明かしって、たいしたことじゃない。ただ、なんとなくあのデモンさんが約束破って人を襲うような感じには見えなかっただけだ。と言うか、邪魔するな、腕を引っ張るな、莉茉。火がおこせないだろう！」

その夜。次の目的地へ向かう途中の街道沿いで野営の準備をしている最中、幸太は興奮気味にまとわりついてくる莉茉をあしらいつつ、今日のことを振り返る。

（本当に直感というか……デモンさんの戦いのときの表情、『莉茉のことを父さんと母さんの代わりに守らなきゃ』って片意地張ってた昔の俺にちょっと似ていたから……）

気恥ずかしくて妹には絶対に言えない理由を思い浮かべ、幸太は苦笑した。

我ながら根拠の薄い理由で大胆な行動に出たと思うが、今日に関しては結果的にそれが功を奏した。

「まさか、あの山に金脈があって、それをこっそり採掘していた闇商人がいたなんて。しかも爆発の魔法を使って派手に山を崩して……そのせいで、あのデモンさんたちの住んでいた辺りが埋まっちゃってさ。あのまま戦ってデモンさん倒してたら、あたしたちが悪役だったよねー」

デモンに案内されて見せられた、魔法で隠蔽工作がほどこされた坑道。そしてその際に起こったであろう崖崩れの被害に遭い、半分以上埋まってしまっていた彼らの住処。

やってきたセシルたちがデモンたちを倒すまでは身を隠しているつもりだったのか、坑道内に犯人たちの姿はなかったが、残されていた品々から、この辺りでは悪評が知れ渡っているとある商人が関わっていることが明らかになった。

「事情を話したら、襲われた村の人たちも納得してくれてよかったよね、おにぃ」

「ああ、村ではけが人だけで死人はまだ出てなかったのが不幸中の幸いだったな」

おかげで大きくこじれることもなく、村人とデモンたちは改めて今後も盟約を守るということで和解。争いの原因となった闇商人については、今後、不確かな情報で勇者を動かしてしまったエルム教団が、責任を持って対処することとなった。

だが、こんなにも早く和解できたのは、別に大きな理由がある。

(でも、その前に……ちょっとフォローしとかないと)

たき火が落ち着いたのを確認してから、幸太は近くの木の下にかがみ込んでいるセシルのほうへと向かった。

「……大丈夫かい?」

「……わからない……です」

事実が明らかになって以降、ほとんどうつむいて押し黙っていたセシルが、いつも以上に抑揚のない、か細い声で答える。

「私は魔族や魔物は人の敵……襲わないと言っていても、それを平気で裏切る恐ろしいものだって教えられて……ました。でも……今日のデモン……さんは違った。先に襲ったのは人間のほうで。それに……村の人たちと、本当は昔から仲よしだった……」

セシルは彼女にとっては随分と衝撃的だったらしい事実を噛みしめるように呟き、気の毒なほど肩を落としてしまう。

後からわかったことだが、『関わらない』という協定は建前で、以前から山に住む魔族と麓の村人の間では、密かな交流があったらしい。

村で病人が出たときには、魔族たちが山でしか取れない薬草を差し入れたり。

麓の村が多めに仕入れた塩や砂糖などを、魔族へお裾分けしてあげたり。

そんな関係だったからこそ、デモンたちは『裏切られた』という思いが強いながら、村を襲っても命を奪うまでのことはためらったようだ。

「人と魔族が本当に仲よくできるなんて、知らなかった……です。勇者は、魔物や魔族を倒して人を救うものだって……そう教わっていたのに」

「まあ、教えられてなかったんだから仕方ないさ。もちろん、戦わなきゃいけない場合もあるだろうけど、そうしなくても話し合いで解決できる場合もある。人間のほうが悪いこともあるんだって、ちゃんと学べたんだ。次に生かせばいいさ」

沈むセシルをそう励ましつつ、幸太はたき火の側にいるメーリスへ少し責めるような視線を向けた。

ショックの大きなセシルにはとても聞かせられない話だが、村人が幸太に対して口を軽くしてぼやいてくれたことがある。

『どうせ交流を持っているなら、普段からもっと連絡を密にしていればこのような誤解は生まれなかったのでしょうが、教団の目が光っているこの辺りでは、あまり表沙汰にすると異端者扱いになってしまいまして……』

結局のところ、魔族をすべて敵と認定して排除しようとしているのは、エルム教団の方針で、一般の人々はそこまで頑なではないというのが、この世界の実情のようだ。

「子供に偏った教育をしちゃダメだよね～。そう思わない、メーリスさん？」

「わ、私に言われましても、その……私は教団内では下っ端の騎士ですし」

意地悪に突っ込む莉茉からも逃げるようにそっぽを向いたメーリスは、明らかにばつが悪そうな顔をしていた。

(やっぱり、どうも信用できないよな……エルム教団)

そもそも相手の都合お構いなく、一方的に異世界の人間を聖女として召喚し、戦わせるのが当たり前と思っている連中だ。

幸太は改めてこの旅に同行することを決めてよかったと思いつつ、そろそろ気分を変えてあげようと、少し明るい口調で切り出す。

「とりあえず、食事にしよう。お腹が減ってると、気持ちがますます沈むもんだ。ほら、村から今日のお礼ってことで卵たくさんもらっただろう？　持ち運ぶのも大変だし、早速食べちゃおうぜ」

「……うん……いただきます」

まだ立ち直れていない様子のセシルだが、それでも促す幸太に従い、たき火のほうへとやってきた。

そして籠にたくさん入れられていた卵をひとつ手に取ると、おもむろにそれを自らの口元へ持っていく。

「って、セシル、それ、どうするつもりだ？」

「……ご飯……です。卵……」

「いや、生で食べるのか？　……こっちの世界の卵、生で大丈夫なのか？」

日本で暮らしていると生卵など当たり前に食べているが、それは生で食べられるように尋常ではない衛生管理がされているからこそ。基本的には菌の心配があり、生食は推奨されないものだ。

「……いつも、こうして殻ごと食べています。……あとで除毒の魔法を使えばお腹を壊すことはない……です」

「ま、魔法を使えば確かに大丈夫だろうけど……って、殻ごと!?」

「殻も栄養になる……そう、教えられて……います」

驚く幸太に、セシルが『何かおかしいのだろうか』と怪訝そうな顔だった。

「いやいや、料理……しないのか？」

「……メーリスさん、エルム教団って、食事も満足にさせないわけ？」

さすがに見過ごせないと、幸太はもちろん、莉茉もどん引きの表情で教団関係者であるメーリスを白い目で睨む。

「そ、そんなことはありませんよ！　確かに旅の不自由になれるために、調理せずにそのまま食べる訓練をすることはありますけど。普段はちゃんと……その……まあ、飢えない程度のものは……一応……」

どうやら完全に否定しきれない酷い状況なのだろう。メーリスは途中で言葉を濁し、これ以上は許してくれと言わんばかりに顔を背けてしまった。

「……栄養が取れれば、問題ない……そう思いますけど……」

まだ、どうしてこんな騒ぎになっているのか理解できていない様子のセシルを見て、莉茉が我慢の限界とばかりに立ち上がった。

「何を言ってるのよ、セシルちゃん！　食事は人生の大きな楽しみなんだからっ!!　美味しい料理を食べる幸せを知らないなんて、この莉茉さんが許さない！　というわけでシェフ、この子にとびっきり美味しい卵料理を作ってあげてっ♪」

「誰がシェフだ、誰が。と言うか、そこまで食に対してこだわりあるなら、いい加減、卵料理くらいは自分でも作れるようになって欲しいもんだけどな」

丸投げされた幸太は、いくらいっても『おにぃのほうが上手だし』としか返ってこないとわかりきっていることもあり、素直に立ち上がって支度に取りかかる。

「ちょっと待っていてくれ。美味しいもの、作るからさ」

セシルの手から、彼女が口に運ぼうとしていた卵を取り上げると、早速調理器具一式を取り出し、頭の中で素早くメニューを考案する。

(女の子が喜びそうな卵料理……か)

手元にあるのは卵、それに同じく村から提供してもらった自家製のバターや鶏肉、新鮮な野菜の数々。その中に、赤々と熟れて美味しそうなトマトがあるのがラッキーだ。

聖女が代々日本人であることが影響しているのか、この世界の主食は米が一般的というのも、扱い慣れている幸太には都合のいいことだった。

（野営で作るにはちょっとしんどいけど、まあ、やってみますか！）

　幸太は飯ごうを使って米を炊き、卵を割って手早く混ぜ、必要な食材を慣れた手つきで刻んでいく。

「潰したトマトは、こっちの鍋で煮詰めて……塩とニンニク……ああ、オリーブオイルもあるんだったっけ。本当、食材は見慣れたものばかりで助かるよなぁ」

　ほとんど動きを止めることなく調理を続ける幸太の手際のよさに、セシルはもちろん、メーリスまでもが目を丸くして見入ってしまっている。

「どうよ、おにぃの腕はプロ級なんだから♪」

「お前が自慢するなって。まったく、ほら、皿ぐらいは用意してくれ」

　偉そうに胸を張っている妹にツッコミを入れつつ、炊きあがったご飯を鶏肉などと一緒にお手製の即席トマトソースで味付けして炒め、ラグビーボール型に整えてからお皿に盛り付けていく。

　そしていよいよ本日の主役である卵。

　ほどよく半熟に火を通したそれを、皿の上のチキンライスを包み込むように載せ、仕上げにトマトソースの残りを少々かける。

「よし、まあ、こんなものか」

「わーっ、まさかこの世界でオムライス食べられるとか思ってなかった！　さっすが、おにぃは頼りになるぅ～!!」

できたてのオムライスを見て、歓喜の声を上げた莉茉は、『いただきます』と食前の挨拶をするのももどかしいと、早速スプーン片手にそれを口いっぱい頬張り始めた。

「うんうん、おいひー！　オムレツがふわとろでバターの風味がしっかり利いてて……チキンライスも味付けちょうどいい♪　おにぃ、やっぱり料理の達人だわぁ」

「せめていただきますくらいは言えって……はぁ……ほら、セシルとメーリスさんも食べてみて。味はいいらしいからさ」

マイペースな妹に苦笑しつつ、遠慮しているふたりを促す。

「そ、それじゃ……いただきます。勇者さまも……」

「……うん」

見慣れない料理だからか、ちょっと警戒気味にスプーンを運ぶふたりだったが、それも最初の一口を食べるまでだった。

「……美味しい……」

セシルは目を見開いてぽつりと呟くと、そのままの表情で驚くほど早く皿と口の間でスプーンを往復させ、大きなオムライスを平らげていく。

メーリスのほうは声を出す時間も惜しいと言わんばかりに、無言で食べ進めていた。

「気に入ってもらえたみたいでよかったよ。まあ、余裕がないときはしょうがないだろうけどさ、今日みたいに時間があるなら、こうして美味しいもの食べたほうが幸せな気持ちになれるだろう？」

セシルが最後のひと口を食べ終えたタイミングで、幸太は優しく微笑みかける。

「……こんなに美味しいもの……初めて。凄く……胸がポカポカします」

空になったお皿を少し名残惜しげに見つめながら、今日はずっと強張った表情をしていたセシルが、ようやく頬を緩めた。

「た、確かに……お料理上手ですね。なるほど……ただの荷物運び以外にも、ちゃんとお仕事ができるようで何よりです」

ちょっとひねくれた褒め方をするメーリスもしっかり皿を空にしているのだから、気に入ったのは間違いない。

「まだ食べられるだろう？　俺の半分あげるよ。また作ればいいしさ」

幸太はセシルの元気な食べっぷりが嬉しく、まだ手をつけていなかった自分の分のオムライスを半分に切り分け、セシルの皿へ移した。

「あ……ありがとう……ございます」

少し遠慮がちに、嬉しそうにはにかむセシルを見て、莉茉がしみじみと呟く。

「うんうん、セシルちゃん、いつもの難しい顔より、そういう笑顔のほうが可愛い！　あまり気を張りすぎないでさ、普段からリラックスしていこうよ♪」

「えっ、あ……で、でも、私は勇者で……今日も失敗してしまったし……もっと頑張らないといけない……から……」

「勇者がいつも難しい顔をしているって決まりはないいさ。それに、セシルはひとりで旅をして

いるわけじゃない。聖女……には見えないけど、一応そうらしい莉茉もいるし、メーリスさんもついてる。俺も……まあ、料理や雑用しかできないけど、それでも精いっぱいサポートはする。だから、大丈夫。もう少し周りに頼ってもいいさ。何しろ、セシルはまだ若い……というか、子供なんだしさ」

自分を戒めようとするセシルを制するように、幸太は彼女の小さな肩にそっと手を乗せて、優しく語りかけた。

「そうそう。と言うか、三十路のおにぃから見ると子供でもギリギリ通じるくらいの年齢だもんねー、セシルちゃんは。お父さんに頼っちゃえ♪」

「だから、俺はまだ三十路じゃない！　と言うか、さすがに親子は言い過ぎだろっ。そこまで年の差はない……まあ、よっぽど早婚ならギリギリ……いやいや、それでもさすがに厳しいだろ」

からかう莉茉へ、まだまだ迫る三十路の恐怖を受け入れられない幸太が本気で反論していると、セシルがぽつりと呟いた。

「おとーさん……」

「いや、今のは莉茉の冗談だから……その……もしかして……」

明らかに慣れていない口調だったことから、何となく察してしまった幸太はそれを確認するようにメーリスへ目配せで問いかける。

「その……勇者候補として集められる子は、物心つく前から……それも、何かの事情で両親を亡くしている子が多く……まあ、私もそうなんですけど」

（……闇深すぎるだろう、エルム教団！）

改めてやばいと思いながら、さすがにそれを口に出して正面からぶつかるのはまずいとギリギリで飲み込み、セシルのほうを向き直る。

「ま、まあ……お父さんはともかく、俺にできることならやるさ。そのためについてきたんだし。だから、あまりひとりで抱え込まないでくれよ、セシル」

「……はい。あの……ありがとう……ございます」

顔を上げ、幸太をまっすぐ見つめて答えたセシルは、この日——否、召喚されたときに彼女と出会ってから今日までの間で、一番可愛らしい笑顔を浮かべていた——。

しかし、こんなふうに勇者であるセシルに多大な影響を与えたことが、教団から警戒される原因となってしまい……結果、メーリスの手で転移の罠にかけられ、パーティから追放される結果に繋がったのだ。

三章　勇者襲来！

「さて、明日の仕込みも終わったし……女将さん、俺はこれであがらせてもらいます」

「はいよ！　いつもありがとうね、コータちゃん!!　あーあ、皿洗いくらいはあたしらでしたのに……」

「ついででしたからね。それじゃ、また明日！」

そう挨拶を残して町で一軒しかない、宿屋付属の食堂を出た幸太は、森の向こうに沈んでいく夕日を追いかけるように足早で帰路を急ぐ。

「おう、コータ。いま、帰りか？　今夜のおまかせメニューはなんだ」

「ああ、今日は鶏肉が安かったから、唐揚げ……肉を一口大に切ったやつを味付けして、油で揚げたもんだ。酒のつまみにも、飯のおかずにもぴったりだと思うぜ」

「コータさん、この前作ってくれた……グラタンだったっけ、チーズとクリーム使った料理、あれ、またおまかせメニューで出してよ！　凄く美味しかった!!」

「了解。チーズ安いときに仕入れて用意しとくよ」

すれ違う町の老若男女から気さくに声をかけられ、それに笑顔で応じながら、幸太はこの異世界に転移して久しぶりに心安らぐ気分を満喫できていた。

（しかし、俺も悪運がいいって言うのか……いい場所に落ち着くことができたよな）

森から脱出した幸太たちがたどり着いたのは、そこからほど近い宿場町だった。

王都からはかなりの距離があり、魔族の支配する地域とのちょうど境界線辺り。

幸太を排除しようとしたエルム教団の支部は近隣にないので目が届かず、何より――。

「……コータ！　遅い!!」

「おっとっ！　あははっ、ごめんごめん。待たせちゃったかな、ラヴィ」

村を出たところで飛びついてきた黒い人影を、幸太はよろめきながら受け止める。

頭に生えた小さな角――わかりやすい魔族の証がある、森の中で巡り合った迷子の少女ラヴィ。この町は場所柄、王都のように魔族を忌避する風潮がなく、彼女とともにしばらく暮らすにはもってこいの場所だったのだ。

「食堂のお手伝いは夕方までって言っていたのに……コータは働きすぎ！」

「いや、夜の仕込みくらいは手伝っておきたくってさ。ほら、いきなりやってきたよそ者の俺を雇ってもらった恩もあるし、それくらいはね……はは」

しがみついたまま、上目遣いで不満を口にするラヴィに、幸太は苦笑で返す。

妹――莉茉の世話で磨いた家事スキルのおかげで、ちょうど料理人が不足していた食堂でコック補佐の仕事にありつけたのも幸運だ。

ありあわせの材料で、日本の家庭料理モドキのようなものを作るくらいなのだが、こちらの世界の人にはそれらはとても珍しく、また口に合うものも多いようだ。

そのため幸太は働き始めてまだ一ヶ月足らずなのに、もう『名コック』として町中に顔が知れ渡ってしまっている。

「そういえば……ラヴィ、外に出て平気なのか？」

まだしがみついたままの少女を促して歩き出しつつ、ふと気になって尋ねる。

この町にたどり着き、最初の一週間ほどは宿屋住まい、食堂の仕事が軌道に乗り始めてからは空き家になっていた街外れの小屋を借りられることになってそこで寝起きしているのだが、彼女は基本的に外を出歩こうとはしなかった。

まだ細かい事情を聞き出してはいないが、森の中で魔物に追われていた状況から察するに、あまり人目にはつきたくはないのだろう。

「……別に、ちょっと気まぐれ」

幸太の腰にしがみつき、横腹に顔を埋めたままそう呟いたラヴィだったが、少しの間を置いて、か細い声で言葉を続けた。

「妹と勇者、探しにいっちゃったかもって……ちょっとだけ心配になった」

「……そっか、不安にさせちゃったか。……悪い」

幸太はラヴィの長い黒髪を梳くようにそっと撫でて謝ると、一度足を止めてその場にかがみ、少女の顔をまっすぐ見つめた。

「前にも約束したけど、はっきりともう一度約束する。俺はラヴィが安心して過ごせる状況になるまで、ちゃんと側にいる」

「でも……妹と勇者も、コータを捜している……と思う。コータだって……」

森から町に来るまでの間に幸太の事情をすべて聞かされたラヴィは、まだ納得しきれないのか不安に瞳を潤ませていた。

「確かにふたりのことも心配だけど、でも、それも話しただろう？　俺は勇者のパーティに同行していたって言っても、荷物持ちと雑用係としてだ。ひとりで旅をして、ふたりの元にたどり着ける自信なんてないんだよ、情けないことに」

最大の理由は『ラヴィを置いてはいけない』ということだが、今、口にした言葉も偽りない本音だ。

この世界では、主要な街道沿いでも凶暴な魔物や盗賊がいつ現れるかわからない。

戦う力を持たない幸太がひとりで長距離を旅するのは、明らかに自殺行為だ。

「……本当に？　コータは……ラヴィを置いていかない？」

「ああ、もう一度約束だ。……ごめんな、不安がらせて。お詫びに、今夜はラヴィの好きなものの作るからさ。ハンバーグでいいよな？」

「……ハンバーグ！」

この一ヶ月弱、出した料理の中で一番反応がよかったものを上げると、暗く沈んでいたラヴィはすぐさまパッと顔を輝かせた。

「ははっ、仲直り成立だな、これで。じゃあ、急いで帰るとしますか」

「あっ、ううっ、無礼もの！　た、食べ物で我を釣るなんてっ……ううっ!!」

思わず微笑んでしまった幸太に、ラヴィは尊大な口調を取り繕いつつ、ポカポカと両手の拳で背中を叩いて抗議してくる。

「まあ、そう怒らないでくれよ。ちゃんと目玉焼きも載せるからさ」

「あぅっ、そ、それなら……許す。……後、付け合わせのピーマンもなしで」

「それは却下。好き嫌いしてたら大きくならないぞ。それは人間も魔族も同じだって、食堂のお客さんにちゃんと聞いたし」

「ううう、べ、別にラヴィはこれ以上大きくならなくていいもん!!」

幸太の言葉ひとつひとつにコロコロと表情と口調を変えるラヴィの姿は、出会ったときの警戒していた様子を思えば、かなり馴染んでくれたものだ。

(ひとまずは安心……なのかな)

大嫌いなピーマン排除を訴え続けるラヴィをいなしつつ歩いている間に、村はずれの丘にある、最近、『我が家』として馴染んできた丸太小屋が見えてきた——。


「ふぁ〜……そろそろ寝るか……って……」

その夜。洗い物や洗濯といった、昼間は食堂の仕事があるせいで片付けられない家事を済ませ、ベッドに入ろうとした幸太だったが。

「……すぅ……んぅ、にゃぁ……」

シーツをめくると、気持ちよさそうに熟睡しているラヴィの姿がそこにあった。

「おーい、ラヴィ、自分のベッドで寝ないのか?」

この小屋はもともと定期的にやってきていた行商人たち用に建てられたもので、そこそこの大きさがあり、部屋数も十分ある。

ラヴィ用には隣の小部屋を自室として整えており、事実、昨夜まではそこでちゃんと寝てくれていたのだが、どういう心境の変化か。

(どうしようかな。部屋はまだあるんだけど……)

幸太がベッドサイドに立ったまま悩んでいると、不意に上着の裾を引っ張られた。

「……やぁ……お父さま……」

何か辛い夢でも見ているのか、眠ったまま幸太の上着を摘まむラヴィの目尻から、透明の涙が音もなく流れ落ちる。

「お父さま……か」

すがりつくようなその手を払うことなどできるはずもなく、幸太はそのままベッドに上がってラヴィの隣に横たわった。

それを待っていたかのように、ラヴィはギュッと幸太のお腹にしがみつく。

「お父さまの……匂い……んっ……」

(それって、加齢臭……じゃないよな？　いやいや、まだ二十代、若者だからな！)

さすがに口に出すのはためらわれ、幸太は心の中で叫んで自分を励ます。

そうしている間に悲しげだったラヴィの表情が少し和らぎ、眠りも深くなったのか、小さな寝息だけが聞こえてくるようになった。

（一体、どういう事情なんだろうな）

寄り添う温もりを感じつつ、幸太は改めてまだ聞き出せていないそのことを考える。

森の奥深くで恐ろしい魔物に襲われていた、高貴な雰囲気の魔族の少女。

何かしらの地位がある出であることは間違いないだろうし、すぐに家まで連れ帰って欲しいと頼まれないことから、さらわれたなどではなく、自主的に出てきたのだろうということは何となく想像はつく。

（両親と折り合いが悪いのかと思ったけど、それも違うみたいだしな）

寝言で口にするくらい、父親を求めている。何かしら酷く面倒な状況なのは、間違いないだろう。

（無理には聞き出せないし、もう少し時間をかけるしかない……か）

ぎこちないながら、それでもこうして父親代わりに甘えてくれる程度には心を許してくれるようになった。そんなラヴィが完全に自分を信用し、すべて話してくれるのを気長に待つのが一番だ。

「それにしても、ちょっと懐かしいな」

熟睡するラヴィの頭を撫で梳きながら、幸太は十年以上昔を振り返る。

両親を事故で亡くしたばかりのころ、同じように寂しさを我慢できなくなった莉茉が寝床に忍び込んできたことが、何回もあった。

（莉茉……大丈夫なのかな、あいつ。いやいや、今じゃ俺よりもはるかに性格図太くなって、タフになってるし。それにここに転移したときに手に入れた能力も何か凄まじいもんな。……聖女名乗っておきながら、攻撃魔法のプロフェッショナルってのは正直看板に偽りありすぎだろうと思うけどさ)

不安を払拭しようとあれこれ考えるが、それでもやはり気になって仕方がない。

(セシルもな……エルム教団の奴ら、どう考えてもセシルを自分たちの都合いい『道具』として使う気満々だ。俺を排除したのも、それを邪魔しようとしたのが最大の原因なんだろうし。……莉茉がついてるから、上手くやってくれると思うんだけど……)

不安は募るが、勇者であるセシルのような強さもなく、莉茉のような戦闘で役立つチート能力など得られていない幸太には、主要な街道沿いでも魔物や盗賊に襲われる危険性があるこの世界で旅をすることなどできない。

(ラヴィもいるしな。……幸いというかなんというか、勇者のことはあっちこっちで噂になってるし、あいつらが近くにやってきたときに合流するのが現実的か。それか、旅の商人に頼んで手紙を出してみるか……)

食堂という、町でも人の出入りが多い場所で職を得られたことは、情報集めにも便利だ。何か他にもっと手っ取り早い方法はないか、寄り添う温もりに誘われてまぶたが急速に重くなっているのを我慢して考えていた最中。

「……お父さま……んっ……」

再び父親の夢を見ているらしいラヴィが、小さな寝言とともにしがみつく腕の力を強めてきて――。

「……おとーさんの匂い……ここ！」

ガシャンッ！　と派手な音を立てて部屋の窓が砕け散り、銀色の影が飛び込んできた。

「うわっ!?　何が……むぐっ！」

「おとーさん、見つけた……！」

飛び起きようとした幸太の上に覆い被さり、思い切りしがみついてきた小柄な影――それはさっきからずっとその身を案じていた勇者、セシルに間違いなかった。

「セ、セシル!?　どうして、ここに……」

「よかった、おとーさん……ぐすっ……おとーさん……」

「って、おいおい、泣かなくてもいいだろう？　と言うか、とりあえず離れて……」

「いや……です。もう離れません……私が離れていたから、おとーさんはダンジョンの罠にかかっちゃいました……もうずっとずっと、私がくっついて守り続けます」

「あれはセシルのせいじゃなくて、いろいろ事情が……とにかく落ち着いてくれ！」

自らの首筋に顔を埋めて小さな泣き声を上げる勇者を、幸太は戸惑いながらただ抱きしめ返すことしかできなかった。

「うぅ……お父さま……じゃない……コータ、どうしたの？　……だ、誰？」

騒ぎに目を覚ましたラヴィも見知らぬ人影に怯え、その身を隠すようにより強く幸太の腕にしがみついてしまう。

「ラヴィ、落ち着いてくれ。大丈夫、この子は俺の知り合い……ほら、話していた勇者のセシルだから。と言うか、本当、何がどうなって……」

半分眠りに落ちかけていただけに、幸太はこの突然の事態に思考がついていかない。

そうしている間に、ガラスが割れた窓から次の騒動の素が乗り込んできた。

「はぁはぁ、ちょっと、セシルちゃーん、置いていかないでよ……ああ、おにぃ、本当にここにいたんだ。……って言うか、……うわぁ」

破片に気をつけつつ、部屋に入ってきた莉茉が、ベッドの上で少女ふたりにしがみつかれる兄を見て、露骨に顔をしかめる。

「おにぃがなかなか彼女できなかったのって、そういう趣味があったから？　というか、セシルちゃんだけじゃなくて、可愛い子もうひとり見つけて……えぇ……こっちの世界でもさすがにこれは事案じゃない？　衛兵呼ばれちゃうわよ、おにぃ」

「何を馬鹿なこと言ってるんだ、お前は！　ああ、もう、とにかくちょっとセシルが落ち着くように説得してくれ……って、おい!?」

必死に助けを要請した妹は、どういう考えなのか、ベッドに上がるとまだ空いている幸太の左腕側に横たわって、楽しげにしがみついてきたのだ。

「おにぃ、久しぶりー！　と言うか、あたしも生まれてからこんなに長くおにぃと離れ離れになったの初めてで、寂しかったんだよねー」

「お前まで何をしてるんだよ！　ああ、もうっ」

「だってぇ、あたしだけ仲間はずれみたいで寂しかったし！　と言うか、セシルちゃんが早くおにぃのところにいきたいっていうから、今日一日、まともに食事してないのよ。おにぃ、何か作ってー！　お腹空いたー!!」

抗議する幸太の言葉などお構いなく、莉茉は相変わらずのマイペースっぷりでしがみついた腕を引っ張り、だだをこねる。

「わかったから、とりあえず起きて話し合おう！　ああ、もう、どうなってるんだ」

女の子たちにしがみつかれ、温かいやら柔らかいやらいい匂いやら、もうわけがわからず混乱するしかない幸太がどれだけ嘆いても、三人はしばらく離れることはなかった。


ようやく落ち着き、幸太があり合わせで作った夜食を前に話し合いをしようという状況が整うまで、それから軽く一時間以上はかかった。

「あぁ、これ、この味！　久しぶりにまともな料理ー!!　さすがおにぃ、こっちの世界にはインスタントなんてないのに、それでもコーンスープ作れちゃうとかすごーい！」

「材料はあるから、手をかければどうにかなるよ、それくらい。と言うか、もうちょっと落ち着いて食べろよ」

今日の夕食に出した自家製コーンスープと、明日の朝用に種を仕込んでおいた即席のパンとジャム。それらを、莉茉は何日も絶食していたかのような勢いで貪っていた。

「無理無理無理。本当、おにぃがいなくなってから、保存食の干し肉をそのまま囓るとか、その程度のものしか食べてなかったんだもん！　あぁ、温かいってご馳走よねぇ♪」

「……俺との再会より、俺の料理を食べられるようになったことのほうがぜったい嬉しいだろ、お前。はぁ……まあ、いいけどさ」

　ある意味、自分の知っているいつもどおりの妹で安心したと思いつつ、それより問題なふたりのほうへ視線を移す。

「……おとーさん……ごめんなさい。私のせいで……」

　幸太の右隣に座っているセシルは、再会の喜びが少し落ち着いてからは、ずっと沈んだ調子でうつむき、謝罪の言葉を繰り返すだけになっていた。それでも『もう離さない』と宣言した言葉を守るように、袖口を遠慮がちに摘まんでいる。

「コータ……本当に勇者からおとーさんって呼ばれてるんだ。ふーん……」

　いつもは幸太の向かいに座ることが多いラヴィは、なぜかわざわざ椅子を移動させてまで幸太の左隣に陣取っていた。

　寝ているところを邪魔されたせいだろうか、それともずっとふたり暮らしだった小屋への乱入者をすぐには受け入れがたいのか、幸太の影に隠れながらもセシルと莉茉の様子をチラチラと窺い続けている。

「……それで、どうしてここがわかったんだ？」

　今のセシルからは話を聞けないだろうと、口いっぱいにパンを頬張り、とても乙女が人前で見せてはいけない顔になっている妹へ問いかける。

「むぐむぐっ、んく……まあ、おにぃを捜すのはあたしとセシルちゃんの魔法でどうにかね。セシルちゃんはあたしと違って魔法の細かい応用ができるからさ」

魔法が使えない幸太にはよくわからないことだが、一定の範囲にいる敵を識別する戦闘用の魔法があり、それの識別対象を幸太に限定するよう調整し、さらにふたりの魔力を合わせて範囲を大幅に拡大したことで、どうにか捜すことができたそうだ。

「でも、おおざっぱにしかわからなくて。細かい絞り込みはどうしようかって悩んでたんだけど、この町に近づいたころから、セシルちゃんが『おとーさんの匂いがする』って言い出してさ。……おにぃ、やっぱりもう加齢臭が……」

「まだそんな歳じゃないし、毎日気をつけてるからな、俺！　はぁ……と言うか、俺を捜すために予定を変えて大丈夫だったのか？　その、メーリスさんは……」

エルム教団の勇者という立場であるセシルの前で、自分が罠にかけられて追放されたのが教団の意向とは言い出しづらく、幸太は言葉を濁して問いかける。

「ああ、まあ、いろいろ言ってたけど、置いてきちゃった、めんどいし」

「めんどいって、お前……」

さすがにあんまりな言いぐさに幸太が呆れていると、莉茉は『わかっている』という風に小さくうなずいてから身を乗り出し、小声で耳打ちしてきた。

「全部、あの人と教団のせいでしょ？　あたしもいい加減、あいつらのこと信用できなくなってたし、それに……セシルちゃん、おにぃがいなくなってから本当に落ち込んでヤバかったのよ。早くおにぃと再会させてあげないと、完全に壊れちゃうんじゃないかって心配でしょうがなかったんだから」

「……なるほど……な」

隣でうつむいているセシルの姿を見ると、莉茉の不安がよくわかる。

いつの間にか自分がそこまでセシルにとって大きな存在になっていたのが嬉しいとも思うが、それ以上に心配をかけてしまった申し訳なさがますます強くなってきた。

「本当、いろいろごめんな、セシル。莉茉も……」

「……おとーさんのせいじゃない……です。私、勇者なのに……おとーさんを守れなくて……だから……ぐすっ」

「ああ、もう、暗い話はここまで！　セシルちゃんも、こうして無事におにぃと会えたんだから、後悔するのは止めにしましょう!!　それより、これからのことよっ」

空気を変えようと莉茉が明るく宣言すると、それに反応して身体を強張らせたのは、話に聞き耳を立てていたラヴィだった。

「……コータ、いっちゃうの？」

「えっ？　いや、俺は……」

不安げに問いかけてくるラヴィに、幸太は返事に詰まってしまう。

ラヴィを置いていくという選択肢はないが、セシルたちとの旅にラヴィを同行させるのも難しい。そもそも、今はいないが、メーリスが合流すればまた自分を追放しようと何かしら暗躍し始めるのは目に見えている。

（となると、俺もふたりの旅に同行するのは厳しい……けど、ダメだ、莉茉はもちろん、セシルもこの様子じゃとても目が離せないし）

思案している幸太に答えをくれたのは、いつもマイペースな妹だった。

「おにぃ、この小屋って部屋も余ってるし、あたしとセシルちゃんも住めるよね？　当分はここでのんびり過ごすってことでよくない？」

「えっ？　いや、いいのか……？」

「いやー、転移したばっかりのころは世界を救う聖女だーってノリノリになってたけど、実際やってみると、ずっと旅の生活ってガチインドア派の莉茉さんにはきつくてさぁ。骨休みしたかったのよ」

いつもの軽い調子で答えた莉茉は、『それに……』と幸太にだけわかるようにまだ沈んでいるセシルへ視線を向けた。

「……確かにな」

こんな状態のセシルを、このまま旅立たせるわけにはいかない。何より、この数ヶ月で勇者の旅を主導するエルム教団が信用おけない存在であることは十分に思い知らされた。

（討伐しろって言われた魔物や魔族の半分以上が、あっちにも正当な理由があったのはさすがにな……でも、純粋な悪意で暴れて人が被害を被っている魔物がいないわけじゃないのが……とにかく、自分たちでもしっかり調べてみるべきか）

幸い、この町は魔族の領域に近い場所。情報も集めやすいだろう。

「それじゃあ……コータは、まだどこにもいかない？」

「ああ。セシルも、それでいいかな？　正直、セシルにも休息は必要だと思うし……」

ラヴィを安心させるように返事してから、まだ沈んでいるセシルに問いかける。

「でも、私は勇者……です。戦い続けないと……」

「んー、セシルちゃん、真面目よねぇ。でも、戦い続けるには休息もちゃんと取らないとダメでしょ？　それに、ほら、もう二度とおにぃと離れないっていうなら、どんな罠もすぐ見抜いちゃうくらい、もっともっと修行しないといけないんじゃないかしら？」

「修行……確かに……私、もっと強くなりたい……です。もう、二度とおとーさんを危ない目に遭わせたくないから……」

何だかんだ扱い方がよくわかっている莉茉の言葉で、セシルもようやく納得したのか、固い決意の表情でうなずく。

「おとーさん……私……頑張ります。今度はぜったい……ぜったい守れるように……」

「いや、そこまで気合い入れなくても……だ、大丈夫、ここは安全だからさ」

幸太は身を乗り出して誓うセシルを落ち着かせつつ、『もうちょっと穏便な説得の仕方はなかったのか』と、楽しげに笑っている妹に目線で抗議する。

しかし、莉茉はそんなことなどお構いなく、『もう役目は終わり』と言わんばかりに大あくびをしていた。

「ふぁ〜……お腹ふくれたら眠くなってきちゃった。もう真夜中だし、とりあえず今日はこれでお開きってことにして寝ない？」

「……そうだな。ラヴィも限界みたいだし」

ふと横を見ると、幸太が残ることを聞いて安心したラヴィは、それで気が緩んだのか幸太の腕に頭を預け、今にも眠ってしまいそうな状態だった。

「ラヴィ、寝るならベッドまで頑張れ。ほら、いこう」

「んぅ……コータも一緒……」

幸太が呼びかけると、ラヴィはそれに抵抗するかのようにまたしっかりと腕にしがみついて離れようとしなかった。

「しょうがないな。まあ、いいけど……」

今日はいろいろあってラヴィも不安だろうし、落ち着かせるためにはそのほうがいいかと幸太が同意した直後。

「……私も……一緒に寝る。おとーさんを守らないといけないから」

セシルもまた幸太の右腕にしっかりとしがみつき、固い決意の表情で宣言した。

「ええっ、いや、この小屋の中で守られるようなことはないんだけど……」

「……ダメ？　その子はいいのに、私はおとーさんを罠から守れなかったから……」

「ああっ、そ、そういう意味じゃない！　わかった、セシルがそれでいいなら!!」

また落ち込んでしまいそうになったセシルを見て、さすがに断れないともうヤケ気味に許可を出す。

「おにぃってば、やっぱりそういう趣味……うーん、まあ、莉茉さんはそういうのも理解あるからいいけどぉ。と言うか、どうせならあたしも一緒に寝ようかなー。ほら、今からあたしたち用のベッド用意するのも面倒でしょ？」

「お前まで何を言って……しかももっともらしい理由までつけて！　はぁ、もう、好きにしてくれ。俺も……ふぁ～……正直、眠くて頭ぼーっとしてきた」

両腕に感じる少女たちの温もりと、気心知れた妹との会話。

彼女たちと離れ離れになってから抱いていた不安がひとまず解消されたことで、幸太も気が緩んだのか睡魔を我慢できなくなってきた。

（エルム教団がどう出てくるか心配だけど……まあ、とりあえず、今日は寝よう……）

今は何より、柔らかいベッドが恋しい。

幸太は両腕にしがみつくセシルとラヴィ、そして本当に一緒に寝る気満々でついてくる莉茉とともに、席を立ったのだった。

一方、それよりさかのぼること数時間前の話。

「セシルと聖女を見失っただと！　お前は何をしていたんだっ!!」

「も、申し訳ございません！」

王都にある、エルム教団の本部。

その会議室で、メーリスは直属の上司である小太り眼鏡の中年男――コーヴィン司祭に厳しく叱責されていた。

「あの聖女のおまけ、何かと我らのやり方に横やりを入れてくる邪魔者を排除したまではよかったが、まさかセシルと聖女がそれを追いかけていくとは……」

「止めようとしたのですが……私が眠っている間に、いつの間にか置き手紙だけ残して姿を消していまして……」

「眠るな、バカがっ！」

「そ、そんなこと言われましても……」

理不尽な怒声に言い返せる立場でもなく、メーリスは嵐が去るのを待つように、ただうつむいて謝罪することしかできない。

「とにかく、急いでセシルと聖女を捜せ！　奴らにはまだまだ働いてもらわなければいけないことが、山ほどあるのだからなっ！」

「は、はい。ですが、その……命じられる任務ですけど、いただいた情報と実情が違うものが多すぎて……そ、それもセシルさまと聖女……莉茉さまの不信感に繋がっているようですし、その……」

「黙れ！　勇者になりそこないのクズごときが！　貴様らは黙って我らの指示に従い、少しでも役に立てるよう努力すればいいのだっ!!　これ以上、私を怒らせるな！」

「つ……は、はい。失礼いたしました……それでは……」

激高するコーヴィンに深々と頭を下げたメーリスは、逃げるように部屋を出ていった。

「……冗談じゃないわよ、まったく。どいつもこいつも、余計な仕事ばっかり増やしてくれて……ああ、もう！　本当にやってられないっ」

メーリスは誰にも聞かれないよう小声で愚痴りつつ、教団の本部を出ていく。

(昔からロクでもない連中だってわかってたけど、勇者を使って何をしようとしてるんだか、この生臭坊主たち……付き合ってられないわよ)

心の底からそう思うが、疫病で親族を亡くして天涯孤独となり、幼い頃からこの教団の中で過ごしてきたメーリスにとって、他に生きる方法などなかった。

「出発は明日の朝ね。……飲んで憂さ晴らしでもしないと、やってられないもの」

何しろこの数日、食事もまともに取れていない。

(あの男……コータがいたころは、食事は毎日充実してたわよね。旅の途中で、下手な店より手の込んだものばっかり食べられるとか、王族気分味わえたわよ)

自分をこの面倒な状況に追い込んでいる犯人ではあるのだが、その一点だけは惜しかったと心の底から思う。

「はぁ、さっさと見つかればいいけど……本当、もう面倒はごめんよ」

祈るように呟きつつ、馴染みの店へと向かうメーリス。

思う存分痛飲し、翌朝、二日酔いの頭を抱えて旅立った彼女は知らなかった。

事態はすでに、取り返しがつかないほど面倒なことになっているのだと——。

四章　勇者のヤキモチ

庭から鳴り響く、カーンカーンと乾いた音をアラーム代わりに、幸太は軽く背伸びしながら目を覚ました。

「ふぁ〜……今日もやってくれてるのか」

まだすっきりしない目をこすりながら慌ただしく身支度を整えると、その音の主である新しい同居人、セシルのもとへと向かう。

「……うん、これで終わり」

「お疲れ様、セシル」

庭の片隅、大量の薪を割り終えてひと息ついていたセシルへ、幸太はタオルを差し出しながら声をかける。

「あ……おとーさん……」

「毎朝、悪いな、任せちゃって」

「ううん……教団の施設にいたころは、毎日やっていたから。それに……腕を鍛える特訓にもなる。……私、もっともっと強くならないといけないから」

タオルで汗を拭いながら、思い詰めたようにうつむいて呟く生真面目な勇者を見て、幸太は苦笑しながら朝日を受けて銀色に輝く彼女の髪を優しくかき撫でた。

「向上心があるのはいいことだけど、無理だけはしないでくれよ。俺も、もう余計な心配かけないようにちゃんと気をつけるからさ」

「……うん。おとーさんは優しい……教団だと、どれだけ修行しても、もっともっと強くならなきゃ勇者を名乗る資格がないって言われていたから」

「はぁ、あの教団は本当……いや、まあ、今はいいか。さてと……」

あまり教団に対しての不信感を高めるようなことを言って、そうでなくてもまだまだ情緒不安定なセシルを追い詰めたくはないと、幸太がそれ以上の言葉を飲み込み、話を変えようとしたとき、ちょうど側にある跳ね窓がゆっくりと開かれた。

「ふぁ～……今朝も早起きね、セシルちゃんとおにぃは」

「おはよう……って言うか、莉茉、またださしない格好でお前は」

窓から身を乗り出す、まだ半分寝ているようなトロンとした目差しの莉茉は、襟元が広いシャツ一枚という姿だ。

小柄な背丈のわりに胸元は十分すぎるほど成長しているせいで、ふくらみに持ち上げられた布地に、メロンを並べたような形がくっきりと浮かんでしまっている。

「いいの、いいの、ここには男の人なんておにぃしかいないんだし。寝間着はリラックスできるものじゃないと、肩凝っちゃうし……ふぁ～、それよりお腹空いたー!」

年頃の娘としていかがなものかと頭を抱える兄に、当の莉茉はまるで気にしていないと言わんばかりに大あくびで応えるだけだ。

「お前は本当に……はぁ……」

片や、早朝から何かとお手伝いに一生懸命な勇者と比べ、我が妹の何と堕落しきっていることか。いや、転移前からそうだったんだから、今さらだろう。

「まあ、いいや。準備しとくから、顔洗って着替え済ませとけよ。セシルもお腹減っただろう？　すぐ作るから、軽く汗を流しておいで」

「うん、おとーさん。あの……お手伝い……」

「大丈夫、簡単なものにするからさ。セシルは朝から頑張ってくれたんだし、ちょっと休まないと。ほら、休息を取って英気を養うってのも、ここでの暮らしの目的だろ？」

幸太はセシルをそう制しつつ、小屋の中へ入って支度に取りかかった——。

「あはっ、こっちの世界で朝からフレンチトースト食べられるとか、贅沢よねぇ！　うんうん、このシロップ美味しいっ♪」

「あまりかけ過ぎるなよ。結構高いんだから、それ」

「えーっ、いいじゃない。お金はあたしたちが渡したの、まだまだ残ってるでしょ？　美味しいものは、ケチケチしないで食べないと！　そう思わない、セシルちゃん？」

「え、えっと……私は、おとーさんが困るのはよくないと思い……ます。だから……」

「でもでも、たーくさんかけたほうが甘くて美味しいし！　せっかくおにぃが作ってくれた料理なんだから、できるだけ美味しく食べたほうが感謝の気持ち伝わるでしょ？」

「それは……そう……かも……えっと、でも、でも……」

「おい、勇者を悪の道に引きずり込もうとする聖女って、大問題だぞ！」

セシルを自分のペースに巻き込んでいる莉茉を一喝しつつ、そんなふたりの向かい側の席についているラヴィの様子をうかがう。

「……甘くて、美味しい……むにゃ……」

「ラヴィも寝ながら食べるなって……朝、弱いよなぁ」

この黒髪のお嬢さまは、莉茉に勝るとも劣らぬくらいの寝ぼすけで、起きてからしばらくはなかなか本調子にならないのだ。

目も辛うじて半分開いている程度、身支度に気を遣うことなど当然できず、美しく長い髪のところどころが寝癖で跳ねてしまっている。

「ちょっと待ってろ。今、梳いてあげるから」

「んー……ありがと……」

今にもまた眠ってしまいそうになりながら、それでもお礼は言ってきたラヴィの後ろに回り、彼女の長い髪を一房ずつ丁寧に持ち上げ、愛用の櫛で整えていく。

（莉茉が小学生の頃は、毎朝、こうしてやってたよな……）

ここでの暮らしが始まって、いつの間にか朝の習慣になった時間は、幸太にとって懐かしい思いに浸れる、決して嫌いではないものだ。

（どうなるかと思ったけど、とりあえず落ち着けてるよな）

セシルと莉茉がこの小屋へやってきてから、もう一週間近くの時が流れた。

今のところエルム教団の追っ手が迫っている気配もなく、魔物たちが活発に暴れて問題が起こっているという噂も入ってこない。

この小屋でこうして四人で過ごす日々を、心穏やかに満喫できている。

問題と言えば、『最近、ずっと忙しかったからオフが必要』と宣言し、毎日食っちゃ寝三昧な莉茉のだらけっぷりくらいなものだった。

――今日、この瞬間までは。

「……髪、自分でとかせばいいと思う」

あれこれと自分を正当化しようとしていた莉茉の相手をしていたセシルが、不意に寝ぼけ眼のラヴィへ声をかけてきた。

「……んっ……どうして？」

軽く小首を傾げたラヴィに、セシルは少し口調を強めて言葉を続ける。

「おとーさんだけ、まだご飯食べられてないし……自分でやれることは、自分でやったほうがいいと思う。私は、教団でそう教わってきた……から」

言い終え、セシルは返事を待つようにじっとラヴィを見つめ――否、睨みつけた。

「うっ……ぶ、無礼もの！　我に対してそのような口を……そのっ……うぅっ」

さすがに目がはっきりと覚めてしまったらしいラヴィは、虚勢を張ろうとしたときに見せる尊大な口調で言い返そうとしたのだが、セシルの気迫に押されてうろたえてしまう。

そんなラヴィの困ったように潤んだ瞳を向けられた幸太は、少し驚きながらもどうにか場をおさめようと笑顔を取り繕って答えた。

「別に俺は気にしてないから大丈夫だよ。毎朝のことだしさ」

「おとーさんが気にしていなくても……自分でできるのにやらないのはおかしい」

今までは幸太がなだめるとすぐに引いてくれたはずのセシルだが、今回は珍しく納得がいかない表情で、じっとラヴィを睨み続けていた。

「わ、我はいいのだ！　ラヴィは……だから……うぅっ、コータがいいって言ってるんだから、いいでしょ!!　……ごちそうさまっ！」

いたたまれなくなったらしいラヴィは、残りのフレンチトーストを一気に口いっぱい頬張るや否や立ち上がり、逃げるように部屋へ戻ってしまった。

「おい、ラヴィ……」

幸太は一瞬だけ視線を向けた莉茉が、『こっちは任された』と目配せしてくれたのを確認してから、すっかりむくれてしまったラヴィの後を追いかける。

部屋に入る直前、振り返り見たセシルは明らかに困惑の表情を浮かべていた。

(珍しいよな、セシルがあんな風に強く言うなんて……)

出会いからしばらくの間は、勇者として使命を果たすこと以外には無頓着だったし、自分を『おとーさん』と慕ってくれるようになってからも、常に一歩引いた控え目の性格は変わらなかっただけに、気になって仕方がない。

（何事もなければいいんだけど……）

幸太のそんな祈りも空しく、莉茉曰く『のんびりゆったりな田舎スローライフ』だった生活に、その日から少しずつ軋みが生じてしまった。

例えばとある夕方。

「むぅ、コータ、今日も帰りが遅かった！」

「悪い、悪い。ちょっと夜の仕込みに時間かかっちゃってさ」

食堂の仕事を終えて急いで帰宅した幸太を、ラヴィがむくれ顔で迎える。

今日は少し早く帰れると出かけに伝えていた上に、帰ったら伸びてきていた髪を切り整えてあげると約束していただけに、幸太は素直に頭を下げて謝った——のだが。

「……おとーさんはお仕事で遅くなったんだから……謝らなくていいと思う」

腰に手を当て、胸を張って見上げるように幸太に抗議していたラヴィの目の前に、いきなり横から現れたセシルが立ちはだかる。

「そ、それは関係ないでしょ！　コータは約束してたんだからっ!!」

「でも、おとーさんがお仕事しているのは、みんなのため……」

「うぅっ、それでも約束した！　してたのっ!!」

「だけど、あなたは家で何もしていない。それなのに文句を言うのは……おかしい。何もしていない……くせに」

ムキになって訴えるラヴィへ、セシルもまったく引かずに言い返す。

空気が緊迫し、さすがにちょっとまずいかと幸太が思い始めた直後。

「いやー、何もしてないって言われると、あたしも返す言葉ないよねぇ～。というか、あたしの場合は昨日今日に始まったことじゃなくて、もう十年以上、おにぃの背中におんぶに抱っこだもん。どうも、穀潰しでーす……なんて♪」

やってきた莉茉が、冗談めかして言いつつ、さりげなくラヴィとセシルを分かつように割り込む。

「……そうだな。お前もいい歳なんだし、そろそろ皿洗いとか洗濯とか、それくらいは覚えてくれよ。つかさ、下着まで兄貴に洗わせるのは女として間違ってるだろ！」

「ええ、それはいつも頑張ってくれているおにぃへのちょっとしたサービスのつもりなのに！うぅ、妹の気遣いを理解してくれないなんてショック～……セシルちゃん、傷心の莉茉さんを慰めてー」

「え、えっと……あの……それもおとーさんのほうが正しいと思います……けど、えっと……あ、あの……」

「そんな冷たいこと言わないでー♪　ほらほら、あっちでお茶でも飲みながらさっ」

泣き真似しつつセシルに抱きついた莉茉は、戸惑う彼女をそのまま食卓のほうへと連れて行ってしまう。

去り際、またいつものように目配せで合図をくれた妹に小さくうなずいて返すと、幸太は残されたラヴィのフォローに取りかかる。

「さあ、遅くなっちゃったけど、ご飯前にやっちゃおうか。毛先をそろえる程度だし、そんなに時間はかからないからさ」

「……うん」

まだセシルの言葉を引きずっている様子ながら、それでも蒸し返すことなく同意したラヴィを外へ連れ出し、その場はひとまず丸く収まった。


しかし、また別の日の午後。

「コータ、この前着せてくれたシャツは？　どうしてないの？　あれ、ゆったりしてて凄く着やすくてよかったのに！」

「えっ？　ああ、あれはまだ洗濯して乾いてないんだよ。今日は別ので我慢してくれ」

不満そうなラヴィに、幸太は庭の物干し竿に並んだ洗濯物を指さしつつ説明した。

着の身着のまま逃げていたラヴィの着替えは、元々着ていた上等そうなドレスの他、この村で買った粗末な古着を手芸もできる幸太が直したものが中心だ。

今まではよく言えば高級、悪く言えば窮屈な衣服ばかり着せられていたらしいラヴィは動きやすい格好が気に入り、その中でも普段のものと違う、白を基調にした明るいデザインのシャツがお気に入りになっていた。

「うぅ、今日はよく晴れているから、あのシャツを着たい気分なのにー」

頬をふくらませて不満をあらわにするラヴィを、幸太は『最近、ますます感情表現が豊かになってきたよな』と微笑ましく見ていたのだが。

「自分の服、自分で洗濯して、自分で畳んでおけばいい。全部、おとーさんに押しつけているのがよくない……と思う。私はそうしてる……」

「うぅっ、お前……またぁ……！」

言葉どおり、自分の洗濯物をしっかり取り込んできたセシルが横を通り過ぎざまに注意すると、その背中をラヴィが悔しげに睨む。

「……できないもん。教えてもらったことない……だって、ラヴィは……」

「はは、ま、まあ、ほら、ラヴィはちゃんと洗濯物は籠に入れてくれるから助かるよ。それすらしない、脱ぎ散らかしっぱなしのバカも家にはいるから……」

話題を逸らすように言うと、ちょうど出かけていたその張本人が戻ってきた。

「たっだいまー！　ねぇねぇ、町で買い物してたら、ちょっと面白い話聞いてきたんだけど……って、あらあら」

飛び込んできた莉茉は上機嫌な様子だったが、室内に漂う重苦しい雰囲気に事情を察したのか、『また？』と苦笑して幸太に視線を向けてきた。

「そういうこと。……っていうか、洗濯物取り込むから、ちょっと手伝ってくれ」

「えー、あたし、お出かけから戻ったばかりで疲れてるのに～……まあ、いいかっ」

「助かる。ラヴィ、お気に入りのシャツ、取り込んでくるからちょっと待っててな」

そろそろ、ちょっと相談をしておかないといけない。

そんな真意を察してくれたのか、いつもなら断固として逃げ出す莉茉が素直に受け入れてくれたのを確認し、幸太は庭へ出ていった。


「いやぁ、セシルちゃん、厳しいよねー」

物干し竿にかかったシャツや下着を軽く畳んで籠に入れつつ軽い調子で声をかけてきた莉茉に、幸太はもう少し真剣な表情でうなずき返した。

「やっぱり、勇者と魔族っていうのも、影響してるのかな？」

セシルは魔王とやらの指示で人々に危害を加えている魔物、魔族を倒すために旅だった勇者。魔族のラヴィにして見れば、同族の天敵と言える存在なのだ。

セシルにしても、幸太の教えで旅立ち当初のように『魔族はすべて悪。人間の敵』という思い込みはなくなっているものの、警戒心は残っているだろう。

「それもちょっとあるのかもね。……ラヴィちゃん、魔物に追われて逃げていたって言うだけで、詳しい事情はまだ何も教えてくれないでしょう？」

「そうなんだよな。さすがにそろそろ……ちゃんと話をしないとまずいかな」

出会ったころのような警戒心は消え、馴染んでくれている自覚はある。

今なら、話を聞き出そうとしただけで信頼を失ってしまうようなこともないだろう。

「セシルとも、話をしないとな。ラヴィのこと、やっぱり受け入れがたいとか、そういうのじゃなければいいんだけど」

「大丈夫だと思うけど……うーん、そもそも、セシルちゃんとラヴィちゃんがあまりお喋りする機会がないのも問題なのよね。おにぃが仕事の間、セシルちゃんは外で剣や魔法の稽古してばかりだし、ラヴィちゃんは基本、部屋に引きこもっちゃってるし……」

幸太が留守中の様子を教えてくれた莉茉が、少し思案した後、笑顔を浮かべる。

「そうそう、それでさっき話しそびれたことなんだけど、いいことがあるのよ！　親睦を兼ねて、ちょっとバカンスというか……」

小屋の中から騒ぎが聞こえてきたのは、莉茉が話を続けようとしたそのときだった。

「もうっ、いい加減にしてっ！」

跳ね窓の向こうから聞こえてきたラヴィの叫び声に、幸太と莉茉は顔を見合わせ、言葉を交わす間も惜しんで屋内へ駆け込んだ。

「無礼者っ！　我に対して毎日毎日、うるさいことばっかりっ!!　どうして、お前なんかにそんなこと言われなきゃいけないのっ！　後から来たくせにっ！」

兄妹が駆けつけると、食卓に身を乗り出すようにしているラヴィが、向かい側に立っているセシルに怒りをぶつけている真っ最中だった。

「……私は間違ったことは言っていない。あなたが……おとーさんに迷惑をかけてばかりいるから……だから……」

「ラ、ラヴィは迷惑なんてかけてないもん！　だって、だって、コータはそんな風に一度も

言ってないし……うぅっ」

セシルの言葉に、自分でも少し思うところがあったらしいラヴィは尊大な口調を崩し、うろたえながら言葉を濁す。

だが、幸太がやってきたことに気づくと、『助けがきた』と言わんばかりに安心した表情になり、いきなり胸に飛びついてきた。

「コータ、ラヴィ……迷惑じゃないでしょう？」

「……おとーさんは優しいから、そう聞いても『違う』って答える」

「うぅっ、そ、それでもコータは……コータはっ……！」

「あ、あの、とりあえず落ち着いてくれ、ふたりとも」

ヒートアップしていくラヴィと、一歩も引く様子がないセシル。

正面からぶつかる少女たちを、幸太は必死に宥めるだけだ。

「あははっ、年下にモテるねぇ、おにぃは。日本だと完全に事案だけど、こっちなら年の差ってどれくらい大丈夫なのかな？」

「あのなぁ、そんなこと言ってる場合じゃないだろ！」

いつもどおり空気を変えようとしてか、冗談っぽく笑う莉茉へ突っ込む。

今までは兄妹のこんなやりとりで少し場の空気が緩んだものだが、今回ばかりはふたりの感情が完全に決壊してしまっているらしく、止まることはなかった。

「コータが迷惑って言ってないのに、どうしてお前が言うの？　意味わからない！」

「それは……私は、おとーさんの……」

「コータはお前のおとーさんじゃないでしょ！　おとーさんじゃない人のことを、勝手におとーさんって呼んでるお前のほうが迷惑だとラヴィは思うもん!!」

「そ、そんなこと……ないっ……だって、おとーさんは……」

「ふんっ……ラヴィはコータから聞いた！　コータはここじゃない世界から、お前たちに呼び出されて、勝手に役目を押しつけられたんだって!!　コータはそんなことやりたいって言ってないのに……っ……同じ、ラヴィと……っ！」

「ちょ、ちょっと待て、ラヴィ！　そこまでだっ!!」

動揺するセシルへ容赦なく言葉を続けようとするラヴィを見逃せず、幸太は咄嗟に片手で彼女の口を塞いで制した。

「むぐっ、んむ～！　むむむっ!!」

「ラヴィ、言い過ぎだ。そのことはセシルが悪いわけじゃないんだ」

「むうっ……んっ、ぷはぁっ、でもっ、でも、そいつがいつもラヴィに意地悪なことばっかり言うから！　だからっ……」

首をブンブンと横に振り、強引に幸太の手を振り払ったラヴィが抗議を続ける。

感情が昂ぶっているせいか、瞳を潤ませたラヴィに睨みつけられたセシルは、何も言えずにショックの表情で押し黙ってしまっていた。

「私……ごめんなさい。私は……」

うわごとのように呟き、おぼつかない足取りで小屋を出ていこうとしたセシルだが、その行く手を遮るように、いつの間にか莉茉が立っていた。

「はいはい、セシルちゃんもちょっと落ち着く！　ここで逃げちゃったら、気まずいままになるし……そうなったら、晩ご飯美味しく食べられないでしょ？」

「いや、メシの心配より他にもっと……まあ、いいけどさ」

相変わらずマイペースな妹に突っ込みつつ、幸太は改めてセシルに問いかける。

「セシルが俺のことを考えていろいろ言ってくれるのは、正直、嬉しいと思う気持ちもあるんだ。でも、いつものセシルに比べて少し言葉が強いというか、何というか……」

まさか、『勇者として、やっぱり魔族には思うところがあるのか？』と率直に聞くのも少しためらわれた幸太が言葉に詰まっていると――。

「わからない……です。私……どうして？」

混乱気味のセシルが、頭を抱え、少しふらつきながら傍の椅子に腰を下ろした。

「おとーさんが助けてあげて、大事に守っている子……だから、私も仲よくしないといけないって思ってます。それなのに……その子が、ラヴィがおとーさんと仲よくしているのを見ると、何だか胸がズキズキして……言葉が、勝手に出てきてしまう……」

答えを求めるように幸太のほうへ目線を向けてきたセシルは、今までに見たことがないほど困惑の表情を浮かべていた。

（それって、もしかして……）

何となく理解できた幸太が口を開くより早く、莉茉が大げさに『そっかーっ！』と手を打ち叩いて喋り出した。

「セシルちゃん、おにぃに甘えるチャンスを全部ラヴィちゃんに取られちゃって、ついつい嫉妬しちゃってたのね。ふふっ、懐かし～！　あたしもそういうのあったわー」

「……聖女さまも？」

「うん。まだ小さいころだけどね、あたしより年下の従姉妹が遊びにきたことがあったんだけど、おにぃがその子の世話ばっかりしてるの見て、『あたしも構ってよ～！』ってイライラしちゃってさ」

驚くセシルの隣に腰掛けた莉茉が、思い出話を続けつつ幸太のほうにも『覚えているよね？』と視線を向ける。

「ああ……あったな、そういうことも。そっか、そういうことか……」

確かに、ストレートに欲求を口に出すラヴィのことばかり構っていて、いわゆる『いい子』なセシルは任せておいて大丈夫と思ってしまっていた部分が幸太にもあった。

「ラ、ラヴィは別に……コータを独り占めしたりとか、してないもん……うぅっ、そう、してない！　だって、リマだってコータに甘えてる!!」

まだ幸太の胸にしがみついたままのラヴィも、多少は自覚していたのか途中まで言い訳がましい口調だったが、すぐ、自分以上に幸太に頼り放題の年長者がいることに気づき、莉茉を指さして追求し始めた。

「そりゃそうよ。だって、おにぃに甘えることにかけては年季が違うもん、あたし♪」

「威張ることじゃないだろうが！　はぁ……その……セシル、ごめんな。別にセシルのことをほったらかしにしていたとか、そういうわけじゃないんだ」

悪びれない莉茉に突っ込みを入れてから、改めて沈むセシルを気づかう。

「ごめんなさい。私……勇者なのに……おとーさん、守るって約束したばかりなのに、また迷惑をかけて……」

「いいのよ、おにぃは年下の可愛い子に迷惑かけられるのが趣味みたいなもんなんだし。それに……『私は勇者！』ってカッチカチだったセシルちゃんが、可愛らしく嫉妬できるようになったなんて、ある意味成長よ。おにぃもそう思うでしょ？」

「それは……うん、そうだな」

うなだれるセシルの肩を抱き寄せ、頬をツンツン突いてからかう莉茉の言葉に、幸太も少し表情を和らげてうなずいた。

明らかに勇者を利用しようとしているエルム教団の教育で、言葉は悪いが『戦闘マシーン』のようになっていたセシルが、こうして自分の感情をあらわにできるようになったのは、莉茉が言うとおり成長だと思う。

そのことに自分が大きな影響を与えているというのは、責任も感じるし、素直に嬉しさもあった。

「まあ、これで理由はわかったってことで、仲直りでいいんじゃない？　セシルちゃんもこれからは遠慮なくおにぃに甘えていくってことでさ。剣とか魔法は教えられないけど、それならあたしがしっかり教えてあげられるわよ？　あっ、よかったらラヴィちゃんにも手ほどきしようか？　あたし視点だと、まだまだ探り探りで甘えてる感じあるし」

「べ、別にラヴィはそんなこと……うぅっ」

「というか、お前はそろそろ独り立ちして面倒見るこっち側にきてくれって……はぁ」

いきなり話を振られて戸惑うラヴィを抱きしめたまま、幸太が呆れ顔でうなだれる。

だが、口ではそう言うが、気まずい空気を上手く宥めてくれたのはこの甘えん坊な妹のおかげだ。こういう天性のムードメーカーっぷりに、幸太は心から感謝していた。

（とりあえず、これで仲直り……かな？）

このままもう少しお喋りをふくらませ、みんなで握手でもして——。

幸太がそんな明るい未来図を脳裏に描いていたときだった。

ガチャンッとノックもなく扉が開かれ、新たな騒乱の素が乱入してきたのだ。

「はぁはぁ、み、見つけたわ！　本当にいてくれた……間に合ったー!!」

ここまでずっと走ってきたのだろう、汗で額に髪を張り付かせ、大きく肩で息をしながら叫んだ甲冑姿のちん入者——それは幸太を罠にかけた主であり、勇者パーティで唯一置いてけぼりを食っていた最後のひとり、メーリスだった。

「メ、メーリス……さん」

因縁深い相手の登場に、幸太は顔をこわばらせる。

（どうしてここが？　いつの間に、この辺りにまでエルム教団の手が伸びたんだ）

あまりにも突然すぎる乱入者に、幸太は頭が真っ白になってすぐ答えを出せない。

それはセシルと莉茉も同じらしく、唯一メーリスが何者か知らないラヴィだけが、乱入者に怯えて小さく震えていた。

そんな微妙な空気の中、メーリスはお構いなく矢継ぎ早に語り出す。

「ああ、もう、セシルさま！　勝手な行動は……ううん、そんなお説教とかしている場合じゃない!!　き、緊急事態なんです！　魔王っ、魔王が動き始めたという情報が！」

食卓に手をついたメーリスは、興奮に少し声をうわずらせながら訴える。

圧倒されていたセシルも、『魔王』という言葉ですぐ我に返った。

「魔王が……どうして？」

「魔族の領域に潜入している人間からの情報なんですけど、魔王が一ヶ月と少し前くらいに居城から姿を消して、それから行方知らずになっているそうです!!　噂では、部下に任せていられず、自らの手で人間たちを恐怖のどん底にたたき落とそうと動き出したんじゃないかって……」

メーリスの説明に、幸太も莉茉も、これは緊急事態だと顔を青ざめさせる。

魔王。エルム教団曰く、魔物や魔族を支配し、人間たちを支配しようとしている悪の源と言ってもいい存在。

教団の持ち込む情報は彼らの手で都合よく歪められているとはいえ、さすがにそれまでですべてがでたらめというわけではないだろう。

「へぇ、だから、そんな必死になってあたしとセシルちゃんを捜しにきたってわけ。というか、よくここが見つけられたわねー」

「苦労したわよ！　何の手がかりもなくて諦めかけてましたけど、魔王の情報が入ってきてから、急いで捜せって教団の人たちにせっつかれて……夜も寝ないで必死に情報集め続けて、この町の食堂に最近、目新しい料理を出してくれるコックが雇われたって話がようやく耳に入ってきたんですよ!!　もしかしたらと思って来てみたら大正解だったわ!!　というか莉茉さん、聖女が勇者さまをたぶらかせて勝手な行動させるとか、本っ当に勘弁してくださいっ！」

「いやぁ、だって、あたしもセシルちゃんも、おにぃのことが心配だったし。……誰かさんがダンジョンで凡ミスしなければ、あたしたちが勝手な行動する必要もなかったんだけどなー」

抗議してくるメーリスへ、莉茉が珍しく棘のある口調で返す。

暗に『全部お前たちの企みだろう、わかってるから』と告げるような厳しい眼差しに、メーリスは気まずそうに視線を逸らして押し黙ってしまう。

(俺を追放したってセシルに知られたら、さすがにまずいってわけか……)

その理由を察した幸太もまた、セシルの前で教団の闇を暴き、生真面目な彼女を混乱させる訳にはいかないと、はっきり口には出さない。

「とにかく、すぐ旅立ちの準備を！　こうしている間に、魔王がどこでどんな恐ろしいことをしているか……新しく入った情報なんですけど、魔王は見た目的にも人を油断させやすく、もしかしたらすでにどこか大きな町に潜んで暗躍している可能性が……」

メーリスがそうセシルを急かしていたそのときだった。

「してない……ラヴィはそんなこと……するつもりはないもん！」

幸太の胸にしがみついたラヴィが、我慢できないと言わんばかりに叫んだ。

直後、『しまった』と表情を変えた少女に、一同の視線が集中する。

「ラヴィ、今の、どういう意味……？」

幸太がわけがわからずに首を傾げていると、莉茉が複雑そうな表情でメーリスに問いかけた。

「メーリスさん、魔王って見た目が人を油断させやすいって……つまり、見るからに怖い感じじゃないのよね？　……どんななの？」

「そ、それは、その……今の魔王は先代から後を受け継いだばかりらしくて、見た目は勇者さまと大差ないくらいの……女の子……」

まさかという表情のメーリスが、腰にぶら下げている革袋から水晶の珠を取り出す。

それはこの世界で使われている貴重な魔法具のひとつ。日本で言うなら『デジカメ』のようなもので、保存してある画像を壁などに投射して映し出せるものだ。

メーリスが水晶に魔力を込めると、壁に肖像画らしきものを映し出した。

描かれていたのは、黒を基調にしたドレスを身に纏った、長い黒髪とそこからひょこりと顔を覗かせている対の短い角が印象的な愛くるしい少女。

『魔王』という恐ろしい呼称と対極に位置するといってもいいその姿は――今、幸太にしがみついたまま震えているラヴィの姿によく似ていた。

「ラヴィ、まさか……いや……」

「あの、魔王の名前……ラヴィニアって言うんだけど……なっ、ちょ、えええええ!?」

幸太が言葉を失っている間に、メーリスが悲鳴とともに飛び上がる。

「ど、どうして!? どうして魔王がここに……勇者さまと一緒にいるのよ! 何っ、あなた、こんな斜め上の復讐ありえないでしょ!?」

「いや、俺は何も……その……」

自分を指さして抗議してくるメーリスに、幸太は言い返すこともできない。莉茉もセシルも事態についていけず、ただ目を丸くしているだけだ。

ラヴィ——魔王ラヴィニアは幸太の胸に顔を埋め、嵐が過ぎ去るのを待つかのように身じろぎすらしなくなっていた。

頭を抱えるメーリスの、『嘘でしょ』『何よ、これ』などの独り言だけが小屋の中に響き、長いようで短い一分ほどが過ぎた後。

「む、無理よ、こんな……私みたいな下っ端に判断できる状況じゃないわ! こんな、上の指示仰がないと……無理っ、責任、負いたくなーいっ!」

よほどパニックになっていたのだろう、メーリスはそんな大人としてダメな言葉だけを残し、飛び出していってしまった。

残された四人は、その後もしばらくは誰も口を開くことなく、重い沈黙が続く。

（難しい事情があるのはわかっていたけど、魔王って、そんな……）

何も知らないうちに魔王を助け、勇者と同居させていたのだ。

驚きのあまり目眩すらしてきているが、それでも今、彼女たちの保護者である自分がうろたえるわけにはいかないと立ち続ける。

しがみついているラヴィはまだ身動きすることなく、喋ることもない。セシルもまた、この状況に困惑を隠せず、茫然自失の状態だ。

どう声をかければいいのか。幸太もすぐに思いつかずにいた最中。

この空気を打破してくれたのは、常にマイペースを崩さない妹だった。

「うん……わかった！　こうなったらあれよ、腹を割って話しましょう!!」

バンッとわざとらしく食卓を強く打ち叩いて立ち上がった莉茉が、一同に向かって高らかに宣言し、促すように歩き出した。

「はい、みんな、着替え用意して、お出かけの準備！」

「えっ？　いや、話をするんだろう？　それなのに出かけるのか？」

「こんな空気じゃ落ち着いて話もできないでしょ？　腹を割って話すなら、それに相応しい場所……そうっ、裸の付き合い！　これっきゃないでしょ!!」

「……はぁあああ!?」

胸を張って宣言する妹の言葉に、幸太はわけがわからず叫ぶ。

黙り込んでいたセシルとラヴィまで、『どういう意味？』と驚きを顔に浮かべて視線を向けてきたのだから、彼女の策略は大成功だった。

「まあ、話は道すがらですするから。さっきから話しそびれてばっかりだったけど、いい場所を教えてもらったのよ。ほら、いきましょ♪」

満足げにうなずいた莉茉に促されるまま、すっかりペースに飲まれた三人は付き従って小屋を後にした——。

五章　勇者と魔王の和平会談　in　温泉

「くうううぅっ、生き返るぅ～……あー、もう骨まで溶けそぉ……♪」

「何かあると人をおじさん扱いしたがるくせに、中身は間違いなくお前のほうがおっさんだよな、こういうとき」

　湯煙の向こう。首筋までしっかり湯に浸かってうなる莉茉に、幸太は少し離れた場所から呆れ顔で突っ込むしかなかった。

「だってぇ～、こっちきて初めてのまともなお風呂だもん！　本当、町でこの温泉の話を聞いたとき、飛び上がって喜んじゃったもん!!　久しぶりにお湯に浸かれるぅ～って。おにぃもお風呂好きだし、嬉しいでしょ？」

「そりゃ、まあ……」

　日本ほど入浴の習慣がないこの異世界。おまけに旅に出ていたこともあり、こうしてお湯にのんびり浸かれることはなかった。

(町から歩ける距離のところに、こんな天然温泉あったなんてなあ……)

　町外れの川を上っていった場所にあるここは、昔、町の木こりたちが湯治のために岩を並べて作った温泉らしい。

　最近では魔物の動きが活発になってきたせいで、町から離れたここを利用する者もほぼおらず放置されていたそうだが、元々の作りがしっかりしていたおかげで、少し掃除をしただけでこうして使うことができたのだ。

(というか、できればひとりでのんびり浸かりたかったな)

幸太は苦笑をしつつ、どうも落ち着かない気分で川のほうへ目線を向ける。

「ふふっ、セシルちゃんも気持ちいいでしょ？　ああ、ラヴィちゃん、もっと肩までしっかり浸からないと、湯冷めしちゃうわよ？」

「えっと……は、はい。温泉……聞いたことはあったけど、初めてで……」

「気持ちいいけど……熱い」

背中に聞こえてくるのは、すっかり莉茉のペースに飲まれているセシルとラヴィの声。

勇者と魔王。本来ならば世界の命運をかけて戦う立場にあるはずのふたりが、莉茉を挟んで湯に浸かっているというのは、なかなか現実離れした状況だ。

(いろいろ強引なのは困るけど、莉茉のおかげでひとまず落ち着けたのは事実だな)

メーリスがラヴィの正体を明かして飛び出した直後、小屋の中に漂っていた気まずい空気も、マイペースな妹の振る舞いに翻弄されている間にどこかへ消えてしまった。

あのまま沈黙の中にいたら、いたたまれなくなったラヴィが飛び出し……そのまま、一生後悔する別れになっていたかもしれない。

「だけど……何も俺まで一緒に入ることないだろ。と言うか、一応、男と女……」

「おにぃ、いつまでそんな離れた場所にいるのよー！　こっち、こっち来なさいって。別に平気でしょ？　お湯、濁ってて見えないんだしさー」

頭を抱えて悩む幸太の気持ちをよそに、ご機嫌な莉茉が促してくる。

彼女が言うとおり、この温泉のお湯は成分の影響か、ミルクのように白濁している。浸かっている部分はほとんど見えないので、側に近づいても大丈夫といえばそうなのだろうが、幸太には簡単に割り切れるものではなかった。

「莉茉、お前……兄妹の間にも、セクハラってのはあるんだぞ？」

「いいじゃない、小さいころはよく入れてもらってたし。そりゃ、まあ、あのころに比べればだいぶあたしも成長したけど。ほら、見てよ、この浮きっぷり！　普段からこんな風にぷかぷか浮かんでてくれると、もう少し肩凝りも楽になるんだけどなー」

冗談っぽく言う莉茉の声に合わせ、湯面を波立たせる音が聞こえてきた。

背を向けたままの幸太にはわからないが、背丈が伸びなかった分、そこだけに成長が集中したのではないかと思うくらい育った胸を揺らしているのだろう。

「ふふふっ、セシルちゃんも形はいいけど、大きさはまだまだね！　まあ、まだまだ育つ見込みはあると思うけど～」

「そ、そう……ですか？　えっと……ここ……あまり大きくなると、剣を振るのに邪魔かなって……あの……」

「何を言ってるの！　ここ育つかどうかは、女のロマンなんだから!!　ラヴィちゃんはぁ……あー……うん、まあ、ほら、将来はまだわからないし……あはははっ」

「う、うるさい！　……ラヴィだって……お母さまは、リマみたいにお風呂でぷかぷか浮いてたもん。だから、きっと……あぅうぅっ」

湯面を揺らす音がいくつか重なり始めると、幸太はさすがに耳を塞いで遠ざかりたくなる気恥ずかしさを我慢できなくなってきた。

「本当……勘弁してくれって。マジで」

「もう、おにぃは草食系ねぇ。ラッキーって素直に喜べばいいのに」

「喜べるか！」

これが見ず知らずの美女ならともかく、相手は妹、それに自分を父のように従ってくれている少女たちなのだから。

「まあまあ、おにぃも覚悟決めてこっち来なさいって。ほら、そこじゃ話もできないし。今、ラヴィちゃんの側にはおにぃがいてあげないと……んくっ、ぷはーっ、一緒にこれ飲みながら、おしゃべりしましょうよー」

「しょうがないな……って、お前、それ……」

ラヴィのことを出されると、幸太もさすがに立ち去れなくなってしまう。

濁り湯だから見てはいけない部分は見えないだろうとおそるおそる振り返ると、ちょうど莉茉が岩場に置いた瓶から木製のジョッキにワインを注ぎ、豪快に煽っていた。

いつにも増してテンションが高めなのは、暗い空気を吹き飛ばすためなのかと思っていたのだが、どうやらこれの影響だったらしい。

「どうりで荷物多いと思ったよ。風呂で飲むなんて、危ないだろ」

「平気、平気。ワインなら飲み慣れてるし。入浴中の水分補給は大事！」

「アルコール入ってちゃ、水分補給にならんだろうが。……まあ、ほどほどにな」

普段からマイペースな人間が酔っているのだ、話が通じるはずがない。

それ以上の小言は飲み込んだ幸太は、一応、目配せでセシルとラヴィに、『側へ寄っても大丈夫か？』と問いかける。

「……おとーさん……あの……」

「……うぅっ」

すると、困ったように視線を泳がせるセシルから逃れるように、少しでも身を隠したいと湯に口元まで浸かったラヴィが幸太のほうまで泳ぐように近づいてきた。

「ラヴィ……その……大丈夫だから。大丈夫……」

背中にしがみついて小さく震えるラヴィに、幸太は少しでも落ち着かせようと繰り返しそう呼びかけるしかない。

魔族の証である角はあるものの、見た目は気弱なおとなしいお嬢さま。このラヴィが恐ろしい魔王であるなど、やはり信じることはできない。

(でも、ラヴィが自分でも言ったことだしな……)

幸太はしばし考えつつ、正面の莉茉とセシルの様子を窺う。

セシルは戸惑い顔で押し黙り、莉茉はワインを煽りつつ、ただ小さくうなずくだけ。

ひとまず自分にすべてを任せてくれるつもりなのだろうと受け取った幸太は、覚悟を決めてラヴィのほうを振り返る。

「ラヴィ、まず最初に言っておくけど……ラヴィが誰であろうと、約束は守る」

「……約束？」

「そうだ。ラヴィがもう大丈夫って言うまで……ラヴィが俺を必要としてくれる限りは側にいる。俺は莉茉と違って、こっちに来たとき、戦いに便利な力とかは授かってないし、あまり役に立たないかもしれないけど……それでも、精いっぱい頑張るよ」

上目遣いで窺ってくるラヴィの頭をそっと撫でつつ、改めて決意を伝えた。

罠にかけられて飛ばされた、右も左もわからぬ森の奥。

そこで偶然出会ったラヴィの存在は、もう幸太の中で莉茉やセシルと同じ、なんとかして幸せにしてあげたいと心から願うくらい大きなものになっていた。

何より、ともに暮らしてきた時間の中で、ラヴィが優しい子だとわかっている。

魔物を操って人間たちを襲い、支配しようと企む邪悪な存在ではないはずだ。

「コータ……ぐすっ……ラヴィは……あのね……ラヴィは……」

「落ち着いて。大丈夫、話せることだけ、話してくれればいいからさ」

幸太は自ら胸に顔を埋めて涙声で呟き始めたラヴィを、優しくなだめる。

少し落ち着いてきたところで、今まで見守るだけだった莉茉も声をかけてきた。

「大丈夫よ、ラヴィちゃん。おにぃだけじゃなくて、あたしもちゃーんとわかってる。ラヴィちゃんはいい子だもん。……あたしもこっちの世界にきて、まだ半年も経ってないけどさ、世間で悪者扱いされてた人が実際には違ったっていう例、何度も見てきたし。……そうだったよね、セシルちゃん」

「……はい。あの……魔王は、すべての魔族を操って、人を皆殺しにしようとしてる、だから勇者である私が倒さなければいけない……そう教えられてきました。でも……ラヴィは……そういう魔王じゃないと思います。そんな怖い魔王なら、おとーさんとこんな風に仲よくなれないと思うし……その……魔王らしい力もあまり感じない……」

莉茉に促されたセシルが戸惑い気味に呟くと、ラヴィが不機嫌そうに顔を上げる。

「そんなことない！　ラヴィは魔王っ……お母さまの娘！　先代の魔王、『魔剣の武神』と呼ばれた最強の魔王、ライラのひとり娘だもんっ!!」

「あ、あの……ごめん……なさい？」

弱々しく沈んでいたラヴィが怒りを爆発させると、セシルは反射的に頭を下げた。

「うぅっ、そもそも、セシルは勇者なんだから、魔王のことくらいもっとよく知っていると思ってた！　だからラヴィは、正体がばれないか、ずっと不安に思って……うぅ」

「え、えっと……私、魔王と戦うように教団に命じられていたけど、魔王がどんな相手なのかは詳しく教えてもらっていなくて……」

「倒す相手のこと、普通ならもっと興味持つと思う！　セシルはおかしいっ!!」

うなだれるセシルに、ラヴィは堰を切ったようにまくし立てていく。

思えば彼女はある日突然、自分の討伐を命じられた勇者とひとつ屋根の下で暮らすことになったのだ。

正体を明かせずに隠していただけに幸太へ相談することもできず、ひとりで不安な気持ちを抱えていたのだろう。

何かと幸太へ甘えるようになってきていたのは、段々と心を許してくれたからというだけではなく、そんな気苦労も影響していたのかもしれない。

「お、落ち着いて、ラヴィ。セシルも悪気があって言ったんじゃない。勇者として戦う必要があるとは思えない……そういう意味で言っただけだと思うからさ」

「で、でも……うぅっ……ラヴィは本当に魔王だもん。魔王だけど……悪くない、悪いことなんて……ぐすっ、うぅっ」

勢いに圧倒されていた幸太がやっとフォローに入ると、ラヴィはやりきれない思いを瞳いっぱいの涙として浮かべ、言葉を詰まらせた。

幸太は震えるラヴィの肩に手を置いて慰めつつ、彼女の言葉を反芻する。

(お母さまの娘で、魔王……か……)

魔王という言葉から、いかつい男の見た目をイメージしていたが、先代も女性だったというのは意外なことだ。

とにかく、これ以上は実際に聞いてみなければわからない。

「……ラヴィ、話してもらっていいかな？　どうして魔王のラヴィが、あの日、森の中で追われていたのか」

幸太はまだ涙が止まらないでいる小柄な少女の頭を撫で、優しく問いかける。

莉茉とセシルも口を挟むことなく、川のせせらぎ、そして岩場に湯が流れ込んでくる水音だけが聞こえてくる中、少しの時間が過ぎた後。

「ラヴィは……逃げてきたの。だって、誰も……ラヴィの話、聞いてくれなかった……ラヴィのこと、見てくれなかったから……だからっ……」

まだ瞳を潤ませながら、それでも顔を上げたラヴィが、ぽつりぽつりと語り出す。

それは『魔王』という称号を無理に課せられた少女の、悲しい独白だった。


魔王とは、その名のとおり、魔族や魔物たちを統べる王のこと。

人間たちと同じように、代々、『王家』の血筋のものから選ばれる。先代の魔王は、ラヴィの母親であるライラという女性だった。

ラヴィよりもはるかに立派な対の角を持つ彼女は、『魔劍の武神』という異名どおり、歴代の魔王たちの中で武人として優れた才能を持つ、最強の魔王だったらしい。

魔族や魔物たちの中では『力こそ正義』という価値観が人間よりも強く、己の実力を頼りに魔王の統治に従わないものも少なくないそうだ。

ライラはそんな実力自慢の猛者たちを次々に打ち倒し、魔王の統治を絶対のものにしたという大きな功績を持つという。

エルム教団が声だかに訴えている魔王のイメージ。
曰く、『その実力を誇示し、暴れ回ることしか能がない破壊者』
曰く、『同族に対しても情け容赦なく、命乞いも許さない』
そういったものは、おそらくはそんなライラの活躍を誇張したものらしい。
「……でも、お母さまは戻ってこなかった……あの日……」
ラヴィが強く幸太の腕にしがみついて語り出したのは、今からちょうど一年ちょっと前のとある日のことだった。

「あの、どうしてラヴィがここに……ここ……お母さまの席……」

元々人見知りが激しく、自室に引きこもってばかりのラヴィが、自分の世話係だったメイドに案内されたのは、魔王城の中枢部、玉座の間。

理由を説明される間も無く、城の主のみが腰を下ろすことを許された玉座につかされたラヴィの前に、いかめしい顔をした魔族、魔物たちが跪く。

「ホホホッ、突然のことで失礼いたしました、ラヴィニアさま。しかし、これは緊急事態ゆえの、やむを得ない判断でして」

戸惑うラヴィの正面に跪いて挨拶するのは、シルクハットをかぶった、まるで道化師のごとく不気味な化粧をした男。

魔族の中でも特に魔力と知性に定評があるアモン族の長、アザエル。

魔王であるライラの腹心のひとりであり、『武』に偏り過ぎた才を持つ彼女に変わって内政面など受け持っている、人間の世界で言うなら大臣のような存在だ。

しかし、ラヴィはいつも底知れぬ笑みを浮かべているアザエルがどうも恐ろしく見えてしまい、できるだけ彼には近づかないようにしていた。

しかし、玉座につかされている今はいつものように背を向けて逃げ出すことも、メイドの背に隠れることもできない。

視線を外すだけでギリギリ耐えつつ、不安をあらわに問い返す。

「あの……緊急事態って……どうして？　お母さまは……」

「結論から申し上げますと、お母上、ライラさまはお戻りになられません」

「……嘘……どう……して……」

笑顔を崩さず、淡々とアザエルが口にした衝撃の言葉に、ラヴィは絶句してしまう。

「驚きはもっとも。しかし、これは事実なのです。あぁ、何という悲劇！」

目元を拭う泣き真似とともに、芝居がかった口調で天を仰ぐアザエルが、集められた他の魔族や魔物たちに説明するように語り続ける。

ライラは己に従わない魔物の中でも、特に大物――一万年の時を生きる、龍種の中でも頂点に立つ存在、邪龍ファフニール討伐の遠征に出ていた。

最強の魔王と伝説の邪龍の死闘は、他者が割って入ることなどできない激しさとなり、その常識を超越した力同士のぶつかり合いが、悲劇を呼んだという。

「現場にいた者の報告によりますと、なななっ、なーんと！　ライラさまとファフニールの力の衝突で次元に穴が開き、その中に飲み込まれてしまったそうなのですよ!!」

仰々しく両手を広げて説明し、すぐさま肩をがっくり落としてうなだれる。

そのメイクに相応しい、まさしく道化師じみた振る舞いに何か言う余裕もなく、ラヴィは衝撃的な事実に打ちのめされていた。

「嘘……お母さまが、そんな……」

「ンンッ！　ところが事実なのでありますよ。あぁ、最強と謳われたライラさまも、さすがに次元の狭間からの生還は叶わなかったようです」

「でも、でもっ、まだお母さまが……その……」

「あぁ、このアザエル、ラヴィニアさまのおっしゃりたいことはよーくわかります！　もちろんっ、ライラさまが亡くなったと断言はできません。何しろ、まだご遺体も見つかっていませんしっ。ですが、魔族を統べる立場の魔王さまが、いつお戻りになるかわからないというのはさすがに大問題！　そこで、ラヴィニアさまに急ぎ即位していただき、この混乱を収めていただきたいのですよ」

母の無事を祈るラヴィへ、アザエルはグイグイと身を乗り出して迫る。

集められた魔族や魔物たちにもすでに説明済みなのか、それに抗議するような声はひとつも上がらず、ただ全員が期待の目差しを向けてきていた。

「そんな、ラヴィが……魔王……なんて……」

ラヴィは自分に向けられる視線から逃げるようにうつむき、ただ押し黙るだけ。

しかし、状況は彼女のそんな消極的な逃亡を許してはくれなかった。

「ふむふむ、拒絶はなさらない！　と言うことは、即位を了承していただけたということでよろしいですな？　ホホホッ、これでひとまず魔族は安泰!!　なーに、難しいことは我らが引き受けますので、ラヴィニアさまは、ただ魔王として悠然とお過ごしになられていればいいのです！　さあ、皆の者、新たな魔王さまに喝采をっ!!」

「オオオオッ！　魔王ラヴィニアさま、バンザーイ!!」

一方的に話を進めるアザエルの声に従い、集まった魔族と魔物たちが歓声を上げる。

それを止めることなどできず、ラヴィはただ流されることしかできなかった。

武勇を誇る母と違い、生まれながら物静かな性格。

部屋に引き籠もり、本を読んでばかりというおとなしい少女が、一癖も二癖もある魔族や魔物たちの頂点に立たされたのだ。

当然、上手くいくはずがなかった——。


「ラヴィは魔王になった。でも……誰もラヴィを魔王として見てくれなかった」

辛い話に耐えきれなくなったのか、ラヴィは再び幸太の胸に顔を埋めてしまったが、それでも言葉を止めることなく語り続ける。

「ラヴィ……頑張った。お話しするの……苦手だけど、でもっ、魔王には威厳が必要って言うから……だから、お母さまみたいな口調で話せるように……でも無理で……」

ただ魔王の座につけられただけの、気弱な少女。

今まで先代の魔王ライラがその武勇で押さえ込んでいた不穏分子が動き出すのに、それほどの時間は要しなかった。


「えー、それでは報告は以上です」

「あ、あの……待って」

定例の報告を早々に終えて立ち去ろうとしたアザエルを、ラヴィは最大限の勇気を振り絞って呼び止めた。

「おやおや、まだご用が？　ホホホッ、私は一日中、お部屋で優雅に読書するだけのあなたさまとは違って、何かと忙しい身なのですがねぇ？」

「で、でも、あの……今のお話……人間の領域へ少しずつ侵攻を始めるって、ど、どうして急に？　だって、お母さまは……」

胸に突き刺さるような嫌みを言われても、ラヴィは必死に食い下がる。

今までも、彼女に同情的だったお付きのメイドや魔族たちが知らぬ間に城の外へ追いやられたり、母の代から仕えていた古株の幹部が退任させられたりなど、知らぬ間に勝手なことを好き放題にやられていた。

それにひと言も抗議できないでいたラヴィだったが、今回の件だけは、どうしても見過ごすことはできない。

「ンンッ！　たーしかに、ライラさまは人間どもに同情的でした。まぁ、事情がおありでしたので、それは致し方ありませんが〜！　しかーしっ、最近、人間どものほうで私たち魔族に対して過剰な敵対心を持つものが増えてきているのですよ!!　ご存じですか、通称勇者教団と呼ばれる、エルム教団のことは？　何世代も前の魔王さまを虐殺した、勇者などというおぞましいものをこの世に再誕させようとしている狂信者ども！　あれを野放しになどできませんなっ」

「で、でも、人間たちを襲う必要なんて……そんな……」

「魔族たちの中にも、先代魔王さまの『人間との不要な争いを避けろ』という命令に不満を持つものは多かったのですよ。さすがにこれ以上無理に押さえ込めば、それこそ反乱を起こしかねないものも……ホホホッ、失礼ですが……そうなった場合、ラヴィさまに彼らを止める力がありますか？　ありませんよね〜！」

道化師のようにおどけた仕草で問いかけてくるアザエルに、玉座の間に並んでいる警護の兵士たちまで声を低くして笑い出す。

「うっ、あぁ……ラヴィは……」

「なーにしろっ、ラヴィニアさまはライラさまのような圧倒的な武力も、魔力もお持ちではない！　まあっ、正確に言いますと魔力はなかなかの資質をお持ちなのですがぁ、その傾向が大問題!!　少なくとも『魔王』に求められているものではないわけでして。でーすがご安心を！

そんな魔王さまを支えることこそが、忠臣である我らの務めっ！　ですので〜、ラヴィニアさまは何も気にせず、ただお部屋でのーんびり、だらーり、本を読んでいてくださいませ。それでは失礼。ホーホホホッ！」

うつむいたラヴィにそれ以上何かを言う間も与えず、アザエルは立ち去っていく。

それでもまだ顔を上げられないでいる玉座の少女に、残っている兵士たちは聞かれることも気にせずに陰口をたたき続けていた。

「まったく……あれが魔王さまなど、聞いて呆れる」

「ライラさまのような威厳など欠片もない。所詮、混ざりもののできそこないよ」

「あれが魔王では、先が思いやられる。俺たちも、今まで以上にアザエルさまたちへ取り入っておかなくてはなぁ」

魔族の世界は、人間の世界以上に実力主義の風潮が強い。

気弱で自分の意見もろくに言えない少女に優しい者など、城を追い出された少数の者たちだけで、すでに残ってはいなかった。

「あっ、うぅっ、ぶ、無礼……も……うぅっ」

最近、必死に定着させようとしている、母を真似た威厳ある口調で兵士たちを怒鳴りつけようとしたが、彼らに睨まれるとすぐに心が折れてしまう。

（もう、嫌……助けて、お母さま……誰か、ラヴィを……）

ラヴィにはうなだれたまま、逃げるように玉座の間を出て、唯一の心安らぐ場所となった自室へと向かった。

できるだけ誰にも出くわさないよう、少し遠回りして城の裏側の廊下を通るのが最近の日課になっていたのだが――。

「……あっ」

ちょうど警備兵の入れ替え時間だったのか、それとも城の主であるラヴィが見くびられているせいで規律が緩んでしまっているからか。

普段は兵によって守られている裏門が、無人で開け放たれていることに気づいた。

その向こうに広がるのは、この世界有数の広大な森林。

だが、彼女は小さいころ、そこを散策した経験が幾度もあった。

「もう……嫌……助けて……っ」

気づいたときには、ラヴィはそう祈るように呟きながら森へと駆け出していた――。


「途中で追っ手がかかって……でも、コータに助けてもらって、それで……」

「なるほど……そういう事情で……話はわかったよ」

途中、何度も涙で言葉を詰まらせながらも語り終えてくれたラヴィへ、幸太は『お疲れ様』とねぎらうように優しく声をかけた。

ラヴィが顔を埋めている胸元に、温泉の湯とは違う、涙の熱を感じる。

辛い話をすべて吐き出したせいで、気持ちが昂ぶってしまっているのだろう。

幸太は片手でラヴィの肩を抱き寄せ、もう片方の手で彼女の短い角の間をそっと撫でて落ち着かせつつ、やるせない思いを噛みしめていた。

(辛い事情はあると思ったけど……想像以上だな)

突然、母を失い、魔王という地位を押しつけられた挙げ句、『お飾り』として周囲に見下されていた毎日。

自分の意見など一切通らず、『魔王』の名で勝手なことが行われる。

想像するだけで辛い、針のむしろのような日々だっただろう。

「……ラヴィは何も悪くない。今の話を聞いて、改めてそうわかった」

ラヴィを安心させるために断言し、『魔王』が悪の存在であり、それを倒すことが使命だと言いつけられている勇者——セシルにも目配せで問いかける。

「あの……おとーさんの言うとおり……ラヴィは何も悪くないと思います。人間を襲っているのは、ラヴィに酷いことをしていた魔族たち……だから、私が倒すのは、その魔族たち……ラヴィじゃない」

「ああ。ほら、勇者のセシルまでこう言ってるんだ。大丈夫、俺たちはラヴィを傷つけたりしない……大丈夫だから」

「……うん」

勇者であるセシルのお墨付きもあり、少し気が楽になったのか、ラヴィはまだ涙は止まっていないが、それでもやっと上目遣いで幸太と視線を合わせてくれた。

しばらくは見つめ合い、ラヴィが落ち着くまで待とうとしていた最中。

「うぅっ、というか、酷い！　この世界のおっさんたち、ちょっと酷すぎっ!!」

バシャンッと大げさに湯面を打ち叩いて怒鳴る、莉茉の声が響き渡った。

「エルム教団の連中は、『人を襲おうとしている魔王を倒せ』ってセシルちゃんに命令して、魔族の連中も連中で、『エルム教団が魔族を敵視しているから、倒してしまえ』ってさぁっ、何、それ？　敵対してるの、エルム教団と一部の魔族だけでしょ！　それにこんな可愛い女の子たちを巻き込むとかさぁっ！　あ・り・え・な・いっ!!」

バシャンバシャンと湯面を何度も両手で叩いて水しぶきを散らしながら、莉茉は大げさに怒りをぶちまけていく。

「気持ちはわかるけど、落ち着けって……というか、お前、顔真っ赤だぞ？」

妹の暴走に疑問を感じた幸太がまさかと思って見ると、岩場に置かれていたワインの大瓶はいつの間にか空になってしまっていた。

「お前、ひとりで全部飲んだのかよ！」

「ひっくっ……何よ～！　あんな辛い話、飲まずに聞けるわけないでしょー!!　ぐすっ、ラヴィちゃん、大丈夫、大丈夫だから！」

泳ぐように近づいてきた莉茉が、幸太から引ったくるようにしてラヴィを自らの豊かな胸にギュッと強く抱きしめた。

「むぎゅー！　うぅっ、く、苦しいっ、リマ、離してっ!!」

「いいのよ、遠慮しないで。おにぃの硬い胸より、あたしの柔らかい胸のほうが抱かれ心地いいでしょう？　いい子、いい子♪」

「ううっ、そういう強引なところ、本当にお母さまとよく似てるけどっ、でも、うぅ、苦しいから離して〜！　それとお酒くさーいっ!!　はううっ!?」

抗議の言葉とともに暴れるラヴィだが、それでもリマのメロンサイズの胸の谷間からは抜け出せない。

「ああ、もう、面倒臭いなこの酔っ払いは！　セシル、手伝ってくれ」

「う、うん……あの……落ち着いてください」

これが普通なら背中から羽交い締めにでもして止めるのだが、全裸で入浴中という現状では、あまり大胆なこともできない。

幸太は顔を背けて肌を見ないようにしつつ、戸惑っているセシルにも救いを求め、どうにか莉茉とラヴィを引き離した。

「おにぃとセシルちゃんの意地悪ー！　スキンシップはサイコーのコミュニケーションなのにぃっ、ひっく……うぅっ、莉茉さんは寂しいぞーっ!!」

「いいから、もうそこの川に頭突っ込んで少し酔い覚ませ、お前は……はぁ、大丈夫か、ラヴィ。セシルも……」

「うぅ、ラヴィも、いつかあれくらい成長するもん……」

逃げるように幸太の背中に隠れたラヴィは、それでも抱きしめられていた胸のサイズは羨ましいのか、少し悔しげに呟いていた。

先ほどまでの沈んでいた雰囲気は吹き飛び、普段の緩やかな空気が少しずつ戻ってきているのは間違いない。

（これはあいつの計算……じゃなくて、天然だよな）

マイペースも貫き通せば、人の役に立つものだ。

「セシルちゃーん！　セシルちゃんも、もう無理しなくていいのよ、本当!!　ぶっちゃけエルム教団だって信用できないしっ。今までの任務、ほとんどデタラメだったしさぁ」

「え、えっと……あの……私も、ラヴィの話を聞いて……ちゃんと、確かめないといけないと思いました。でも……むぎゅっ、あの、ちょっと熱い……です」

酔っ払い抱きつき魔は、性懲りもなく今度はセシルを標的にして暴れていた。

しかし、ラヴィと違って身軽なセシルは口元が完全に塞がれるような姿勢は回避しており、ひとまずは大丈夫そうだ。

（セシル、少しだけ相手してやっててくれ）

自分が止めに入って次の標的にされたら、さすがにいろいろと不味い。

勇者の活躍に期待するとして、ようやく落ち着いたラヴィのほうに意識を戻す。

（それにしても、どうすればいいんだろうな）

ラヴィ――ラヴィニアの事情はよくわかった。

エルム教団が言うような邪悪な存在ではなく、むしろそんな邪悪な魔族の一部に利用されて

(……俺に、何ができる?)

　いた被害者だ。

　彼女がここにいることは、エルム教団の人間であるメーリスにバレてしまった。最悪、教団の大軍勢がここに押し寄せてくることもありえる。騒ぎが大きくなれば、ラヴィの居場所を探している魔族たちにも知られ……結果、この辺りが教団と魔族たちが正面からぶつかる戦場となりかねない。

「……コータ、どうしたの?」

「あっ、い、いや、別に……その」

　ラヴィの不安そうな声を聞き、幸太は慌てて表情を取り繕った。ようやく元気を取り戻した彼女を、また落ち込ませるような真似はしたくない。

(と言っても、どうするか……)

　考えようにもちょっと長く温泉に浸かりすぎたせいか、頭がのぼせ気味で上手く回らなくなってきた。

　そろそろ上がろうかと考えていた利那。

「おにぃ、隙ありー!」

「ちょ、うわっ!?」

　セシルから身体を離した莉茉が、油断していた幸太の背中にしがみついてきた。お腹に両手を回し、決して離さないと言わんばかりに身体をすり寄せてくる。

「ほらほら、可愛い妹が背中流してあげるわよ～」

「やめろって、お前！　酔っ払いすぎだっ……こらっ!!」

背中でむにゅむにゅと柔らかく潰れる感触が何かは、振り返らなくてもわかった。

前のめりになってどうにか逃げようとするが、そうはさせまいと身を乗り出して追いかけてくる莉茉が、さらなる面倒を巻き起こす。

「ほらほら、セシルちゃんとラヴィちゃんも一緒におにぃの身体流してあげましょうよ。日頃のお礼ってことで。あたしみたいに、ぎゅーってさっ」

「はぁっ!?　お前、何を言って……」

さすがに本気で妹を叱りつけようとした幸太だが、一歩遅かった。

「私、おとーさんにお礼……したいです」

何事も素直なセシルは酔いで暴走する莉茉の言葉を疑いもせず、少し遠慮がちながら幸太の左腕にしがみついてきた。

「ラヴィも……できる。背中流すくらい……お母さまにしてあげたこと、あるもん」

一歩遅れ、ラヴィも負けじと幸太の右腕に抱きついてくる。

こうして三人にしがみつかれるのは初めての経験ではないが、さすがに入浴中というこの状況ではされるがままでいられない。

「いいから、ちょっと落ち着け！　背中流すなら、普通に上がってからでいいだろ。と言うか、今は先に考えることが……」

「考えてもすぐには結論出せないし、ひとまず、現状維持でいいんじゃない？」

暴れる幸太の耳元で、莉茉がそっと小声で囁く。

「情報も足りてないし、とりあえずセシルちゃんもラヴィちゃんもここで元気にしてるんだしさ。慌ててもしょうがないじゃない！　せっかくの田舎暮らしスローライフ、楽しめる限り、のんびり楽しまないと損よ♪」

「……楽観的だな、お前。それはそれとして、いい加減に離れろっ！」

話を逸らそうと思ってもそうはいかないと突っ込みつつ、幸太は考える。

(確かに……今、ここで考えてもどうにもならないよな)

教団側がどうでるか、ラヴィを傀儡の魔王として利用していた魔族連中の企みは何なのか。わからないことが多い以上、安易に動けない。

(俺も莉茉みたいに役立つチート能力もらえていれば、楽に解決できる方法が浮かんできたのかもしれないけど……ははっ)

口元に自嘲を浮かべるが、落ち込んでもいられない。

「あの、私、頑張ります……から」

「ラヴィだって、ちゃんとやれるもん！　リマはコータがいやがってるからダメ！」

莉茉より遠慮がちだが、それでも両腕にしがみついたままの勇者と魔王。

本来、敵対しているはずのふたりをこうして友好的につなぎ合わせられたのが自分だと思うと、妹のおまけで転移した意味もあるというものだ。

（何とか頑張るさ。何とか……）

だが、今はひとまず、人によっては羨むであろうこの場をどう乗り切るか。

幸太は気持ちを切り替え、まずはそれに集中するのだった——。

六章　魔王の『お父さま』

「何だと、テメェ！　喧嘩売ってるのか、こらっ!!」

「はぁ？　先に舐めたこと抜かしたのはそっちだろうがっ、魔族野郎！　お前らのお仲間のせいでこっちの商売あがったりでイライラしてるところをっ、この……」

夜の食堂。テーブルを挟んで怒鳴り合うのは、鬼のような立派な一本角が生えた大柄な男と、それに負けず劣らず体格のいい中年男。

並々と麦酒が注がれたグラスを片手に顔を突き合わせたふたりの迫力に、他の客も息を呑んで成り行きを見守るしかない状態だったそのとき。

「はい、唐揚げおまちどおさん。ここは上手い料理と酒を楽しむための場所ですよ。しょうもない喧嘩なんてやめてください」

山盛りの唐揚げが盛り付けられた皿を片手にした幸太が、あえて空気を読まずに割り込んでいった。

「ほら、冷めないうちに食べてくださいよ」

最初は『邪魔をするな』とばかりに殺気だった目で睨んできていたふたりだが、幸太がそれにも引かずに料理を勧めると、気まずそうに視線を背ける。

「ちっ……どうもコータに言われると、気が削がれちまうな」

「同感だ。別に迫力あるわけじゃないんだけど……なんだ、どうにもお前さんに言われると、逆らいがたいというか、何というか……相変わらず美味いな、ここの料理は」

ふたりは怒りを発散させるように揚げたての唐揚げをいくつか口に放り込み、それを冷えた麦酒で豪快に流し込んでいく。

それで多少は気持ちも落ち着いたのか、剣呑な雰囲気も完全に消え、店内の張り詰めた空気もようやく緩んできた。

ふたりが落ち着いたのを見計らい、傍らで見守っていた幸太が問いかける。

「それで、喧嘩の原因はなんなんです？　商売あがったりって……」

その質問に、体格のいい中年男のほうが舌打ち混じりで語り出す。

「いや、俺が木こりなのは知ってるだろ？　最近、俺たちの縄張りに今まで見たことない魔族の連中が現れて、何かとちょっかい出してくるようになってな」

「はっ、同じ魔族ってだけで俺に抗議されてもどうしようもねぇよ！　こっちだって、最近、人間たちに妙な悪さする魔族が増えてるせいで、どこへ行っても色眼鏡で見られることが増えてきて、やりづらくてたまらないぜ」

それに続けて一本角の魔族の男が愚痴るのを聞き、幸太も顔は顔をしかめた。

「……そうですか。やっぱり……まあ、だからっておふたりが喧嘩することもないんですし、ここでは仲よくしてくださいよ」

最後にもう一度念を押してから幸太が厨房へ戻ると、隅っこで成り行きを見守っていた女将さんが小走りで近づいてきた。

「助かったよ、コータちゃん。本当、最近、うちの店も夜になるとこんな喧嘩がよく起こるようになっちゃって、困ったもんだよ」

「いや、たいしたことしてないですし。まあ、お酒が入るとしょうがないですよね」

学生時代、居酒屋でバイトしていた経験があるだけに、面倒な酔客のあしらい方にはある程度慣れている。

「本当にねぇ。ちょっと前まではこんなことなかったのに……魔王が悪巧みをしているとか、勇者さまを支援するエルム教団がこんな辺境でも活発に動き始めて、そのせいで魔族たちがいらだっているとか……いい話を聞かないからねぇ、最近」

ひとまずは平穏を取り戻した店内を見渡しつつ女将さんが愚痴るのを聞き、幸太は改めて状況が少しずつ悪くなってきていることを実感した。

(夜のほうがお客さんが多くて噂話も集まりやすいと思って手伝いに来てみたけど、正解だったな……)

幸太は何とも重苦しい気持ちを振り払うように、次々舞い込んでくる注文の料理を作ることに意識を集中させるのだった。

「はぁ……しかし、本当、雰囲気変わってきてるよな」

夜の繁盛時の手伝いを終えて小屋への帰路、幸太はどうも自分が考えていた以上に事態がおかしくなってきていることを実感し、何とも重苦しい気分になった。

ラヴィを傀儡として好き放題やっていた魔族の一派――ラヴィ曰く、『好戦派』と呼ばれている連中の動きは、幸太たちがこの町でのんびりと暮らしている間に、どんどん勢いを増してきていたらしい。

元々魔族と人間たちが上手くやれていたこの近辺でも、あちらこちらで揉めごとが起こり、互いを敵視する空気が広がりつつある。

「どうなるのか……って、あれ？」

沈鬱な気持ちで小屋の近くまでたどり着いた幸太は、森のほうから出てきた人影とばったり出くわした。

「……おとーさん……今日、遅かったの？」

きょとんとした顔で幸太を見つめる銀髪の少女――セシルは、強張らせていた表情を少し和らげて、小走りで駆け寄ってくる。

「ああ、ちょっと夜の手伝いしてたから……って、セシルはこんな時間にどうして？」

小屋のほうから歩いてきたなら、遅くなった自分を迎えに来てくれたのだろうと思ったが、今、彼女は明らかに暗い森の奥から出てきた。

肩には舞い落ちた葉が何枚かついていて、かなり森の深くまでいっていただろうと容易に推測できる姿だ。

「あの……少し、修行……してました。それで、遅くなって……」

「……見回り、してくれてたのか？　もしかして」

「えっ、あぅっ、どうして……？　おとーさん……凄ぃ」

幸太の指摘が図星だったのだろう、セシルは目を丸くして押し黙ってしまった。

「いや、いくら修行熱心なセシルだからって、こんな時間まで、わざわざ森の奥でやることなんてないと思ったし……それに、何となくかな？」

セシルの目を見つめたとき、一瞬、普段と違う揺らぎが見えた気がしたのだ。

後は今、自分たちが置かれている状況と彼女の生真面目な性格を考えれば、何となく想像はついた。

自分が珍しくこんな時間まで手伝いをしていた理由も、似たようなものなのだから。

「……ラヴィを捜しにきた魔物がいないか、気になって。……でも、気配……なかったです。……かなり森の奥までいったけど、不思議なくらい魔物がいなかった……」

「不思議なくらい……かぁ」

もうごまかす必要もないとセシルが教えてくれた偵察結果に、幸太は言いしれぬ違和感をぬぐえなかった。

「……おとーさんもおかしいと思う？」

「ああ。だって、普通に考えて魔物がいないわけがないよな、こういう森って」

幸太も詳しくは知らないが、森のような人があまり訪れず、しかも日の光が遮られているような場所には魔物や魔族が好む類いの力が溜まりやすいそうだ。

自然とそういう場所には魔物たちが集まってくるので、この世界の森というのは普通の人間はひとりでは決して立ち入ってはならないとされる危険地帯だという。

（しかも、うちには魔王のラヴィがいるんだからな……）

この町に居着いて一ヶ月以上経つ。

ラヴィは目立たないように気をつけて過ごしているし、幸太も彼女のことを基本的に詳しく言いふらすような真似はしていない。

それでも魔族たちが本気で捜そうとしているのなら、いつまでも平穏無事に過ごせていられるはずがなかった。

事実、勇者のセシルと聖女の莉茉を本気で捜したエルム教団は、わずかな噂話を頼りにほんの数週間でここまでたどり着いたのだ。

「捜すつもりがないのか、それとも泳がされているのか……」

「……たぶん、泳がされていると思う。だから、魔物たちが遠ざけられている……」

幸太の呟きに、セシルが自らの予想を述べる。

本来、魔物が跋扈しているはずの森に一匹もいないということは、彼女の推測がおそらくは正しいのだろう。

「魔王が城にいないほうが、ますます好き勝手やれるってことか……それとも……」

「城の中より外のほうが、誰にやられたかわからないように暗殺しやすい……あっ……ご、ごめんなさい……」

幸太が濁した言葉の続きを冷徹に述べたセシルが、すぐ気まずそうにうつむいた。

長く勇者として厳しい戦闘訓練を受けてきた彼女らしい推測だが、それを口に出したことを後悔しているこの変化は、幸太には好ましく思える。

だから、落ち込む彼女を抱き寄せ、安心させるようにその頭をそっと撫でた。

「ありがとう、セシル。正直、俺は戦うとかこの世界に来るまではまったく無縁だったし、莉茉みたいな魔法のチート能力もないし……ラヴィを守るために何かやってあげたいと思ってみても、食堂で情報収集くらいしかできない有様だからな」

「そんな……ことない……です。おとーさんは私にも、ラヴィにも……大切なこと、いろいろ教えてくれていると思います」

自嘲する幸太を励ますように言ったセシルが、改めて何か探るように見つめてきた。

「それに……やっぱり、おとーさんからも強い力を感じます。……リマさんみたいに魔法ではないと思います……でも、何か……」

「どうなんだろうな。教団で調べてもらっても、はっきりしなかったし。まあ、その力が土壇場で何か役に立ってくれればいいんだけどな」

『何かしら力があるようだが、少なくとも特別なものではない』という、エルム教団で能力について調べてもらった結果を思いだし、苦笑する。

セシルが言うとおり、実は凄い力でギリギリ必要なタイミングで覚醒——そんな莉茉が大喜びしそうな漫画チックな展開が起こってくれると助かるのだが。

「まあ、今はできることでどうにかするだけだ。さてと、さっさと帰ろう。セシルもまだ夕ご飯食べてないんだろう？　俺も仕事中は忙しくて食べてないし、戻ったら軽く何か作るよ」

幸太は気持ちを切り替え、抱き寄せたセシルの肩を軽く叩いて促す。

「うん……ありがとう、おとーさん。……リマさんとラヴィは……」

「今日は遅くなるってわかってたから、出かけに夕ご飯も作り置きしといたし、食べ終わってると思うけど……」

そんな話をしつつ、足早に小屋へ戻った幸太とセシルを待っていたのは、予想とまるで違う光景だった。

「おーそーい！　ふたりとも、遅いっ、遅すぎるぅっ!!」

立ち上がり、テーブルをバンッと両手で打ち叩いて抗議するラヴィ。

そこに並べられていた、明らかに使われていない空のお皿が小さく揺れ、薄暗い室内に乾いた音を響かせる。

「コータもいつもより凄く遅いし……セシルまで何も言わずに朝からいなくて！　わ、我を置き去りにして無礼、無礼だぞっ、わきまえよっ!!」

何とか威厳を保とうと魔王の口調を取り繕うラヴィだが、留守番が不安だったのかその瞳が少し潤んでしまっているのは隠せないでいた。

「ご、ごめん、ラヴィ。思ったより遅くなって……って言うか、まだ食事済ませてなかったのか？　えっと、鍋のシチューを温めて、パンを焼き直すだけでよかったけど……」

普段、台所に立つことがないと、それもちょっと難しかっただろうか。

考えてみれば、ここでは火を熾すのも日本のようにコンロのスイッチを押すだけという簡単なものではなく、薪を組み、火打ち石や発火の魔法を使って……とひと苦労だ。

ちょっと難しかったかもしれないと幸太が反省した直後、心外とばかりにラヴィが大げさに首を横に振って言葉を続けた。

「それくらいはラヴィだってできるもん！　でも……ご飯、ひとりで食べるなんて嫌だから、だから……」

「そ、そっか……って、ひとり？　あれ、莉茉は……？」

ラヴィから抗議を受けて謝罪したところで、もうひとり、留守番を任せていたはずの莉茉がいないことに気づいた。

リビングを見渡した幸太が首を傾げたところで、まるでタイミングを計っていたかのように莉茉の寝室の扉が開く。

「ふぁ〜……あー……こんな時間まで寝ちゃってた……ごめーん」

「何だよ、昼寝でもしてたのか……？」

「うん、ちょっと、昼間、気まぐれで魔法の練習してたらさー、ついつい魔力使いすぎちゃったみたいで。何か、急に糸が切れたみたいにバターンって倒れちゃって。あははははっ」

そう答える莉茉は珍しくいつもの元気がなく、顔色も少し青ざめていた。

「魔力切れの典型的な症状です、それ……無理は禁物です、莉茉さん」

「いやぁ〜、あたしったら本気になったらどれくらいの魔法使えるのかなって、ふと気になっちゃって……本当、慣れないことするもんじゃないわね。ごめん、ごめん♪」

心配そうに気遣うセシルへ、莉茉は笑顔を取り繕って返す。

そんなふたりの様子を眺めていたラヴィが、幸太にそっとしがみついてきた。

「リマも疲れているみたいだから、起こせなくて……」

「そっか。……ごめんな、今日に限ってみんな揃って……」

ラヴィの頭を撫でて慰めつつ、幸太はやれやれと肩を落とす。

セシルと話している莉茉が、時折、探るようにこちらへ——ラヴィへと視線を向けていることには気づいていた。

彼女が珍しく魔法の特訓など始めたのは、ラヴィを狙うものが側に現れたとき、それに対処することを考えてのことだろう。

(みんな、できることをやってるってことか)

周囲の思惑で『魔王』という地位を押しつけられたラヴィを守るため。

あの日、川沿いの温泉で事情を聞いたときは、莉茉の楽観的なノリに合わせてとりあえずは様子を見るということになった。

しかし、事態が事態だけに、自分も含めてみんなそれぞれ思うところがあるのだろう。

「……どうしたの？　何だか、みんな……おかしい」

自分に向けられている視線が気になってのか、ラヴィが落ち着かない様子で訴える。

「別に、何でもないって。と言うか、お腹空いたよな？　急いで準備するから」

みんなに気遣われていることをラヴィ本人が知ると、この心優しい『魔王』は気に病んでしまうに違いない。

幸太は何食わぬ顔でごまかし、夕食の準備に取りかかる。

「莉茉、魔法まだ使えるなら、かまどにパパッと火をつけてくれよ」

「えーっ、偉大な聖女さまの魔法を家事に使うとか、ぜったい罰当たりだと思うんだけどー、って、あたしもお腹ペコペコで早く食べたいし、オッケー♪」

「あ、あの……私も手伝います。その……パン、切ったりとか……それくらいしかできないですけど……」

幸太の呼びかけに莉茉とセシルがすぐさま反応し、室内がようやくいつもの活気ある賑わいを取り戻し始めた。

しかし――。

「あっ……ラ、ラヴィもお手伝い……できるもん」

いつになくムキになっていうラヴィが、かまどの前に立っていた莉茉を押しのけるようにしてそこへ陣取ってしまう。

「火をつけるくらいなら、ラヴィも……」

ラヴィはそう言うと、片手をかまどの中に積まれている薪へ向ける。

「えっと、大丈夫か、ラヴィ？」

この小さな魔王さまが魔法を使おうとするのを見るのは、これが初めてだ。

幸太は少しの不安を胸に感じ、声をかける。

(気合い入れすぎて、魔法が強くなりすぎるとか……)

可愛らしいとはいえ、彼女は立派な『魔王』だ。

使う魔法も、かなり強力なものばかりではないかと思っていたのだが。

「うぅ……火……火の魔法くらい……」

ラヴィは真剣なまなざしでじっとかまどを見つめているが、いっこうに変化は起きない。

しばらく何とも言えない微妙な空気が流れる中、セシルがぽつりと呟いた。

「……魔力の流れがぎこちない。それじゃ……成功しないと思う」

「そ、そんなことないもん！　ラヴィは魔王だから、これくらいの魔法は……」

「魔力の量は凄いけど……でも……」

「つ、使えるったら使えるの！　セシルは黙って見ててっ!!　ラヴィだって、できることはいろいろあるんだからっ……」

心配そうに言うセシルへムキになって言い返すラヴィだが、やはり魔法は発動しない。

見守っていた幸太が、予想と逆方向の問題発生にどうするか悩んでいた刹那。

「あー、お腹空いたからもう待てない～！　と言うわけで、横取りー♪」

片手でわざとらしくへこませたお腹を押さえた莉茉が、ラヴィの横から手を伸ばして魔法を発動し、かまどに火をつけてしまう。

「ああぁっ！　リマ、酷いっ!!　ラヴィがやるって言ったのにっ」

「だってぇ、お腹空いて死にそうなんだもーん！　おにぃ、ご飯、ごはーん！　可愛い妹が飢え死にする前に、早くぅ〜!!」

ラヴィの抗議をいつものおどけた調子で受け流す莉茉に急かされ、幸太は苦笑しながらもシチューの入った鍋を持ち上げた。

「はいはい、すぐ温めるから待ってろ。ラヴィ、ありがとうな。お手伝いは、また今度頼むからさ。今日のところは……」

「……うぅっ」

まだ納得していないながら、それでもどうにもできないラヴィは不服そうに引き下がる。

「ラヴィだって……できるのに……」

迫る脅威への対策に頭を悩ませていたこのときの幸太たちには、そう悲しげに呟くラヴィの心理を深く気遣うほどの余裕はなかった——。


そうしてラヴィに悟られぬよう、それぞれが迫りつつあるであろう『敵』にどう対応するべきか、試行錯誤を繰り返す日々が続く。

「さてと……仕込みはＯＫっと。今日もちょっと帰りが遅くなるかもしれないから、お腹空いたら先に食べちゃっててていいぞ。もう、温めるだけだから……って、何してるんだ？」

朝。食堂へ手伝いに出かける前に夕食の仕込みを済ませた幸太がリビングへ戻ると、珍しく莉茉とラヴィが顔をつきあわせて何かを見ていた。

「そっか〜、やっぱり、見覚えある人多いんだ」

「うん、みんな、優しい人たちだったけど、いつの間にかお城からいなくなってて……」

幸太が横からのぞき込むと、莉茉は自らのスマホをテーブルに置き、そこに保存されている写真をラヴィに見せて何か確認を取っているようだった。

一歩遅れ、今日も近場の見回りをするつもりなのだろう、装備を整えて部屋から出てきたセシルも、興味を持ったのか幸太の隣からスマホをのぞき込んだ。

そのタイミングで莉茉が画面をスワイプさせ、次の写真を表示させる。

「……魔族の人たち？　旅の途中で会った……」

「だよな？　いつの間に撮ってたんだ、莉茉」

映し出された、少し訝しげな表情をしている青い顔、黒い翼が特徴的な魔族は、幸太たちもはっきりと見覚えがあった。

旅立ちのあと、初めて戦うことになり、そしてエルム教団が伝えてきた情報が必ずしも正しくはなく、魔族側が被害者の場合もあることを教えてくれた人だ。

「……この人も知ってる。お母さまの直属の部下で、凄く強かった人……ラヴィは、あまり話す機会なかったけど……この人も、前は定期的に城へ来てくれていたけど……ラヴィが魔王になったころから、来なくなっちゃった」

「そうなのねぇ……ふんふん……いや、異世界での旅の思い出になるだろうから、仲よくなった人たちとは必ず記念写真撮るようにしといたんだけど、よかったわ～」

バッテリー温存のため、無駄遣いは禁物とすぐにスマホの電源を落とした莉茉が、何かしら納得したように小さくうなずいた。

「……リマがいろいろな魔族の人たちと知り合いなの、驚いたけど……その人たちのこと、どうしてラヴィに聞いたの？」

「えっ？　えーっと……ほら、ゆっくり話す時間はなかったから、この人たちは魔族の中ではどういう人たちだったのかなーって、ちょっと気になっちゃって～」

ラヴィの問いかけにそういつもの調子で答える莉茉だったが、それは明らかに何かをごまかそうとしている曖昧な口調だった。

「うぅ、リマ、何か隠してる！」

「ええ～？　別に何も……ねぇ、おにぃ？」

「いや、俺に振られても……」

心の準備ができていなかった幸太が、どう返すべきか言葉を詰まらせていると、意外にも普段言葉少ないセシルが救いの手を差し伸べてくれた。

「あの……前から思っていましたけど……そのマジックアイテム、凄いですね。スマホ……そんな小さいものの中に、いくつも画像や音を保存しておけるなんて……」

この世界の魔法具で画像を記録しておけるものは、先日ここへ乗り込んできたメーリスが持っていたようなそこそこ大きな水晶珠サイズのものばかり。

保存するときには膨大な魔力を注ぎ込む必要があり、そこまでやってもひとつに画像一枚を記録するのが精いっぱい。それでいてちょっとした村から納められる税金一年分くらいの値段がする貴重なものらしい。

そんな常識のこの世界では、ワンタッチで何枚も撮影できるスマホは、その機能だけでもとんでもない代物だろう。

「まあ、ネットがあればもっともっと便利なんだけどね～。あれ、そういえば、おにぃはスマホどうしたの？　もうバッテリーなくなっちゃった？」

「ああ、いや、俺のスマホはなくした……というか、やむを得ず置いてきたというか。まあ、もう手元にないんだよ」

何かと重宝していたスマホは、ラヴィと初めて出会ったとき、彼女の追手をごまかす罠として使い、拾う間もなく置いてきてしまったことを思い出す。

「ええ、もったいなーい！　おにぃ、機種交換したばっかりだったでしょ？」

「まあ、そうなんだけどさ……ははっ」

そう苦笑で返した幸太は、ラヴィがちょっと驚いたような目で自分を見ていることにすぐ気づいた。

「……コータ、あのときのあれ……やっぱり凄く大切なものだった？」

「えっ、あ、いや、別にそこまでのものじゃないよ、俺の元いた世界じゃ、普通にお店に売ってるもんだしさ！　気にしなくていいって」

ラヴィに気を遣わせてはいけないと、慌ててそう答える。

話を聞いていた莉茉とセシルも、今のやりとりで幸太がスマホを失った理由を何となく察してくれたのだろう。

話を切り替えようと、口々に幸太を促してきた。

「おとーさん……そろそろ出かけないと、遅れちゃうかも……です」

「そうね。あー、あたしもちょっと町まで買い物いってこようかなっ。セシルちゃんは今日も修行でしょ？　じゃあ、少しだけ、ラヴィちゃんお留守番よろしくねっ♪」

「そうだな。ラヴィ、悪いけど頼むよ」

そう話を切り上げ、三人揃って小屋を出ていこうとした――が。

「ぶ……無礼者ぉっ!!　我を誰と心得るっ！」

入口を塞ぐように駆けてきたラヴィが、小柄な身体が震えるほどの大声で怒鳴る。

感情の高ぶりを訴えるように背中の小さな羽根がピンッと張り、頭上の角も心なしかいつもより角度が鋭くなっているように見えた。

「えっと……ラヴィ？　誰と心得るって……その……」

「わ、我は魔王ラヴィニア！　偉大な魔剣の武神ライラの後継者だもんっ!!　だから、だから……ラヴィだってお手伝いできるっ!!」

戸惑う幸太を厳しく睨む目には、大粒の涙が浮かんで見える。

その迫力に気圧されて何も言えなくなっていると、ラヴィは幸太だけではなく、莉茉やセシルも順々に睨み、地団駄を踏みながら言葉を続けた。

「リマもっ、セシルも、ラヴィだけのけ者にして、みんなだけで何かしようとして……どうしてラヴィを仲間はずれにするの？　ラヴィだって……ラヴィだってできるっ！」

「あははっ……べ、別に仲間はずれにしてたわけじゃないんだけど……ねぇ」

「あ、ああ……その……」

莉茉と幸太は気まずい思いで顔を見合わせる。

ラヴィに余計な気を遣わせないようにと、詳しい説明をせずに動いていたことが、完全に裏目となってしまったらしい。

「……ラヴィが魔王だから？　だからコータたちは……ぐすっ」

「そんなこと……ない。ラヴィも、それくらいわかっているはず」

今まで黙っていていたセシルが意を決したように一歩踏み出し、口を開く。

「おとーさんもリマさんも、ラヴィのために頑張っている……ただ、それだけ」

「じゃあ、どうしてラヴィに何も言ってくれないの!?　ラヴィだって……」

「ううん……ラヴィに……できることはない」

一瞬だけ言葉を詰まらせたセシルだが、直後、普段以上に淡々とした口調で告げる。

「なっ、ぶ、無礼者！　ラヴィは魔王……」

「でも、ラヴィに戦う力はない。私は勇者だから、相手の戦闘力をできるだけ正確に測れるような訓練を積んでいるから、わかる」

「そんなことないもん！　ラヴィはっ……セ、セシルのいじわるっ!!」

感情の高ぶりのまま平手を振り上げたラヴィだが——。

「……腕力はない」

少し言いづらそうにうつむくセシルは、それを軽々受け止めてしまう。

「あぅっ!?　は、離して！　セシルの馬鹿力っ、バーカバーカ!!」

子供のような悪口で暴れるラヴィだが、自分とあまり変わらない太さのセシルの腕を振り払うことはできなかった。

ラヴィの息が切れ、抵抗が鎮まったところで、セシルはようやく顔を上げて言葉を続ける。

「潜在的な魔力量は凄い……と思う。でも、この前、セシルは攻撃魔法の基本中の基本……火をつける簡単な魔法も使えなかった」

「あ、あれはっ、ちょっと力が入りすぎて……だから……」

「魔法を使える人間なら、息を吸って吐くくらい簡単にできなければいけないもの。ラヴィは魔王だけど……戦えない魔王。そうだよね……？」

「で、でもっ、でも、ラヴィにだって凄い力……あるもんっ！　あるんだからっ!!」

必死に訴え続けるラヴィだが、いつまでもセシルの手から逃れられないままだ。

彼女の言う『凄い力』が実際にあるのかどうかわからないが、少なくともセシルが指摘しているとおり、戦闘に使える、敵を打ち倒せる類いのものでないだろうということは、端で見ている幸太と莉茉にも一目瞭然だった。

「……セシル、もういい。後は……」

これ以上、セシルに悪役を押しつけられない。

幸太は覚悟を決め、ラヴィの顔をのぞき込むように屈んで語り出す。

「ラヴィ……この前、事情を話してくれたよな？　俺たちは絶対にラヴィを守ってあげたいと思っている。そのために、今、いろいろと頑張らないといけないときなんだ。ラヴィが仲間はずれだって感じないように、これからはちゃんと話すようにするけど、しばらく我慢していてくれないか？　……頼む」

「コータ……でも……ラヴィ……」

まだ何か言いたそうなラヴィだが、自分のためのことだという幸太たちの気持ちは伝わっているのだろう、それ以上何も言わず、うつむいてしまうだけだった。

「あの……おとーさん……私、先にいってきます……」

厳しいことを言ってしまって気まずいのだろう。

セシルはそう言い残すと、いつになく足早で小屋を出ていってしまう。

「……おにぃ、あたしたちも」

「そうだな……悪い、ラヴィ。帰ってきたから、また話そう」

莉茉に促され、幸太は後ろ髪を引かれる思いを感じつつ立ち上がる。

今はラヴィも感情的になっているだろうし、少し時間が必要だろう。

「それじゃ、また夜に。……留守番、よろしくな」

「あっ……待って、コータ。ラヴィもお手伝い……できるっ、ラヴィも……」

ラヴィがか細い声で呼び止めようとしたが、そのときにはもう幸太と莉茉も小屋を出て、扉は閉ざされてしまっていた。

「ラヴィだって、できるのに……お手伝い」

寂しげに呟く少女の声に、答えるものは誰もいない。

それはラヴィに辛い城での日々を思い出させる、悲しい静寂だった――。


(何をやってたんだ、俺は……はぁ)

ラヴィの落ち込みっぷり。そしてセシルに憎まれ役を押しつけてしまう形になってしまったことを後悔しつつ、力なく町の中心にある食堂への道を急ぐ。

隣を歩く莉茉もさすがに普段と違って沈みがちの表情をしていたが、いつまでもそうはしていられないと気持ちを切り替えたのか、不意に話を振ってきた。

「ところで、おにぃ。さっきラヴィちゃんにスマホで写真見せて調べてたことなんだけど」

「ああ。あれって、何だったんだ?」

「実はね、エルム教団がでたらめな理由で討伐しろって命令してきてた魔族の人たち、ラヴィちゃんが魔王になった後、城から追い出された人が多かったわ」

「それは……まあ、人と積極的に争おうとしない魔族たちだったんだし、ラヴィを無視して好き勝手やろうとしていた連中に目障りだったんだろうな」

そう答えた幸太に、莉茉は何か考え込むように首を傾げて言葉を続ける。

「……でもさぁ、狙いすましたようにそんな魔族ばかりを討伐しろって命令出してくるエルム教団、どう思う？　あたし、やっぱり疑っちゃうのよねぇ。ゲームや漫画の暗躍している悪者たちが、いかにもやりそうなことっていうかさぁ」

「それって……繋がってるって言うことか？　魔族の『好戦派』とエルム教団が。いや、でもな……魔族はすべて敵だって言ってる教団が、そんな……」

「建前でそう言っていても、裏じゃ利益次第で……なんて、あたしたちの世界でも珍しいことじゃなかったでしょ？　……まだ、セシルちゃんの前じゃちょっと言いづらいことだけど」

莉茉にそう言われると、元々エルム教団への不信感が強い幸太も、それ以上は否定できなくなってしまう。

「どうしたもんか……いっそ、みんなで逃亡生活……ってわけにもいかないだろうしな」

訓練を積んでいるセシルだけならともかく、長年お城暮らしだったラヴィに長旅は厳しいだろう。事実、森からこの町へ流れ着くだけの短い間でも、かなり消耗していた。

(と言うか、旅となると俺だって足引っ張る側になるだろうしな、戦えないんだから)

そう考えると、自分は今までのように町の住人に溶け込めていることをいかして情報収集にいそしむ以外ないだろう。

気持ちを切り替えて先を急ごうとした幸太の腕を、いきなり莉茉が掴み止めた。

「あたしもそうなんだけど……おにぃ、ちょっと気負いすぎてない？」

「えっ、俺が気負いすぎって……どういうことだよ」

「何て言うか……ちょっと、昔のこと思い出しちゃうのよね、最近のおにぃ見てると。ほら、お父さんとお母さんが死んじゃってすぐのころの。あのとき、おにぃはあたしの親代わりになるんだって頑張りすぎてたじゃない？」

莉茉に言われ、かなり苦い当時の記憶を振り返る。

まだ学生だった幸太は、妹を守るという思いに突き動かされ、勉強に、バイトに、家事にと寝る間も惜しんで動き続けていた。

（それで無理して、何度かぶっ倒れた挙げ句に……確か……）

「……莉茉、お前が家出したんだよな、確か」

すべて思い出した幸太に、当事者の莉茉が苦笑交じりでうなずく。

「そうそう。何て言うか、おにぃが一生懸命なのはわかってたんだけど、あたしにあまり構ってくれなくなっちゃったのが寂しくて……迷惑かけてばっかりっていうのも心苦しかったし。そんなあたしが側にいていいのかなって不安で、気づいたら飛び出しちゃってたのよね」

「あのときは、結構探し回った記憶あるな……」

バイトが終わった幸太が家に戻ると、待っているはずの莉茉の姿がどこにも見当たらなかった。

残された最後のひとりの家族までいなくなってしまったのかと、しばらく立ち上がることもできなかったほどの絶望感を今でも思い出せる。

気を取り直して方々を探し回り、昔、よく遊びに連れていってあげていた公園で莉茉を見つけたときは、しばらく涙が止まらないほど安堵した。

「……今、思うと、ちゃんとおにぃが捜しにきてくれるのか試してみたかった気持ちもあったのかな、あたし。何の役にも立てない、足引っ張ってばかりなのに、おにぃの側にいてもいいのかなってさ」

莉茉もそのときの寂しさを思い出したのか、珍しく少し遠慮がちに幸太の服の袖を摘まみ、引っ張っている。

そんな妹の姿に、幸太は改めて最近のラヴィの様子を思い浮かべた。

「今のラヴィも、そのときのお前みたいな気持ち……なのかな。だとしたら……」

そうだとしたら——あのときの莉茉と同じ行動を起こす可能性もあるのではないか。

「ラヴィちゃんはあたしよりいい子だと思うけど……でも……あの、やっぱり今日はあたしは小屋にいたほうがいいかな？　ラヴィちゃんも少し落ち着いただろうし……」

莉茉も自分で口にして危機感が募ってきたのか、少し慌てた口調で問いかけてくる。

しかし、幸太はもう人任せにできるような心境ではなかった。

「いや、俺が戻る！　莉茉は悪いけど、食堂の女将さんに遅れるって言伝しといてくれ」

そう言い残すや否や、幸太は来た道を大急ぎで駆け戻っていく。

だが……それはほんの一足、遅かった。

「ただいま……ラヴィ？　ちょっと話が……ラヴィ？」

息を切らして駆け込んだ小屋の中に、留守番を頼んだはずのラヴィの姿は見えない。

静まりかえった小屋の中にひとり呆然と佇む幸太は、先ほど、莉茉との会話で思い出したばかりの絶望的な不安が胸いっぱいに湧き上がってくる。

「ラヴィ……ラヴィ!?　クソっ……遅かった！」

幸太は一通り室内を探し終えると、自分を責めながら急いで小屋を飛び出した——。


言伝を終えて戻ってきた莉茉、そしてさすが勇者というべきか、異変を敏感に察知して帰宅したセシルにも事情を説明し、三人がかりで周囲を捜し回る。

しかし、普段ほとんど出歩かず、この辺りの土地勘など四人の中でもっともないであろうラヴィの姿はなかなか見つからず、時刻は早くも夕暮れどきにさしかかっていた。

「まだ帰ってきてないよな……はぁ」

淡い希望を胸に一度小屋へ戻ってきた幸太たちだが、中は慌てて飛び出したときのまま、ラヴィの姿はどこにも見当たらない。

「ごめんね、おにぃ。あたしがもっと早く気づいておけばよかったわ。……自分だって似た経験あったんだから、わかったはずなのに」

「違います、私のせい……です。私が酷いこと言ったから……」

「いや……莉茉やセシルのせいじゃない。俺が……って、いや、今は誰が悪いとか、責任の押し付け合いしてる場合じゃない。捜さないと……」

沈んでいる莉茉とセシルを励ましつつ、幸太自身も自己嫌悪に逃げたくなる気持ちをギリギリのところで堪える。

今はそんな意味のないことに時間を費やす暇はない。

「町の傍はひと通り捜し回ったし……後、考えられるのは……森の奥くらいか？」

呟きながら小屋を出て、宵闇に包まれて不気味な雰囲気を漂わせ始めている広大な森のほうへ視線を向ける。

「でも、ひとりで森の奥入れるのかな？　ラヴィちゃん、恐がりだし……」

「そうだけど……」

彼女は魔王の城で精神的に追い詰められたとき、ひとりで森へ逃走した前例があるのだ。

同じことをもう一度――可能性は低くないだろう。

「あの……私、夜でも人の足跡見分けられるように、訓練受けています。だから……今からでも大丈夫、捜してきます」

「いや、俺もいく！」

話を聞いていたセシルがひとりで駆け出しそうになるのを、幸太は慌てて引き留める。

「でも、おとーさんは危ないと思う……森の中、今も魔物の気配は感じないけど、野生の動物はいるし……それに道も悪いです」

「そうだけど、でも……俺だけ待っていられない。……頼む！」

頭を下げて懇願する幸太を、セシルは気遣いながらもそれ以上拒絶などできなかった。

「まあ、どうせお迎えにいくなら、みんな一緒のほうがいいわよね。あたしとセシルちゃんが一緒なら、滅多なことは起こらないだろうし♪　ここはチョー凄い魔法使える、聖女莉茉ちゃんを頼ってよ、おにぃ！」

「……セシルと違って、お前のその軽さがどうも信用できないんだけど……でも、まあ、頼むぞ、莉茉。……急ごう！」

そういつもの調子で返しながら、幸太は妹のそんなフォローの言葉に感謝して小さくうなずくと、先導するように薄暗い森を目指して駆け出す。

（どこにいるんだ、ラヴィ……どこに）

何か、彼女の居場所を突き止める手がかりはないものか。

最近のラヴィとのやりとりを思い出し、そこから何か掴めないものかと考えながら、幸太たちは森の奥の捜索を開始した――。

「ラヴィちゃーん、いたら返事してー！」

「ラヴィ……おとーさんも、リマさんも……私も心配してる。出てきて」

夜も更け、闇に包まれてしまった森の深く。

セシルと莉茉が使う、灯火の魔法の明かりだけを頼りに、懸命の捜索は続いていた。

「ラヴィ、出てきてくれ！　ラヴィっ!!」

喉が枯れるほど呼びかけを続けているが、声が返ってくることはない。

「……方角は間違っていない……と思う。足跡、続いているから……」

森をある程度奥まで進んだところで、探索になれているセシルがラヴィのものらしい足跡を見つけてくれた。

幸太や莉茉の目ではとても追うことなどできないわずかな手がかりをたどり、すでに何時間も歩き続けている。

「相当森の奥まで来ちゃったわよね。……ラヴィちゃん、迷子になってるのかしら?」

「私は……そうじゃないと思います。足跡、ほとんどまっすぐ続いているから……もし迷子なら、もっといったりきたり、無茶苦茶になっているはず……」

心配そうな莉茉に、セシルが注意深く足跡の探索を続けつつ答えてくれる。

「……ラヴィとこの森で会ったとき、出口まで案内してもらったんだよな、そう言えば」

彼女がこの深い森にしっかりとした土地勘を持っていることは、間違いなさそうだ。

だが、迷子になっていないからといって安心もできない。

(ここまで、魔物はいなかったけど……動物の気配はあったもんな)

この森で狩猟できるイノシシやクマの肉は、町では定番の食材だ。つまり、それだけ安定した量を獲れるくらい、ここに生息しているということ。

そう考えるだけで、背中を冷や汗が流れていく。

「いや、でも、魔王なんだし……って……いや……」

ラヴィに戦う力がないということは、今朝、セシルが指摘していた。

見た目どおりのか弱い女の子がひとりでこんな森の奥にいると思うと、幸太はますます不安が募ってきて落ち着いていられない。

(そうだよな。戦う力があれば、俺と初めてあった日、追手を自分でどうにかできていただろうし……って、待てよ)

その日のことを思い返した幸太はあることに気づき、莉茉とセシルの手に浮かぶ光の球体で照らされている周囲の光景を改めて確認する。

森の中なのではっきりと断言はできないが、この辺りは幸太がラヴィと出会い、彼女の案内で町へ向かって脱出するときに通ったような記憶があった。

(でも、どうしてラヴィはこっちのほうへ？　まさか、魔王の城へ戻るため……？　いや、それはありえないし……だとしたら……)

ラヴィがわざわざここまできた理由に、思い当たることが——ある。

幸太が今一度、朝のやりとりを一から振り返っていた刹那。

「きゃあああ、こ、来ないで、来ないでよぉっ！」

光が届かない前方から、捜し求めていた少女の甲高い悲鳴が聞こえてきた。

顔を見合わせた幸太たち三人は、すぐさまその方角へ駆けていく。

「ううっ、ぶ、無礼者！　我は魔王ラヴィニア……ひぃっ、い、いやあぁっ」

暗闇の中、ちょうど幸太たちの前を横切るように駆けていく黒髪の少女。

それを追いかけているのは、鼻息荒い、鋭い牙を持つ巨大なイノシシだった。

「くっ、セシル、莉茉、そっち任せた！　ラヴィっ!!」

女の子たちに危険な獣の相手を任せるのは情けないと思うが、戦闘能力があるのはふたりなのだから仕方がない。

幸太はそう頼むや否や、自分は逃げ惑うラヴィの元へ急いだ。

「任されたわよ！　はいっ、そこまで……止まりなさいっ!!　術式……第一段階、限定解除開始……土の精霊、力を貸してちょうだいっ！」

莉茉が手をかざして詠唱を終えると同時に、まさに『猪突猛進』の勢いだったイノシシの目の前の地面が、瞬時に泥沼と化した。

止まることもできず、その巨体は瞬く間に膝くらいまで埋まってしまう。

何とか抜け出そうともがき始めた、その瞬間。

「ごめんなさい……峰打ち！」

飛び上がったセシルが剣を抜き、その宣言どおり峰の部分で豪快に額を打ち叩いた。

その強烈な一撃で脳しんとうを起こしたのだろう、あれほど勢いよく突進していた大イノシシは白目を剥き、その場に倒れ伏してしまった。

その一部始終を横目で確認していた幸太は、安心して目の前のラヴィの背を追いかける。

「ラヴィ、もう大丈夫だ、止まってくれ！」

「……コータ？　どうして……」

呼びかけに応じてくれたラヴィが足を止め、戸惑い顔で振り向いてくれた。

何はともあれ、これでひと安心。最悪の事態は避けられたようだ。

幸太がそう安心し、胸をなで下ろしかけたときだった。

「あっ……」

立ち尽くしていたラヴィの身体が、不自然に大きく傾く。

何事かと驚いた幸太が目を見開くと、ちょうどそのとき、セシルが飛ばしてくれた灯火の魔法の光で足場が照らされ――ラヴィの立つそこが、崖っぷちであることがわかった。

「なっ、ラヴィっ！」

幸太は反射的に飛び出し、崩れた足場から落下しそうになっているラヴィの手を掴み、自らのほうへ抱き寄せた。

しかし、その直後、幸太の足下からも『ガラッ』と地面の崩れる嫌な音が響く。

「しまったっ……くぅっ！」

空いた片手を側の木の枝に伸ばそうとしても、もう間に合わない。

「コ、コータ！　きゃあああっ!?」

「ラヴィ、掴まって……くううっ！」

恐怖で飛びそうな意識を必死につなぎ止めた幸太は、力を振り絞って小柄なラヴィの身体を胸に抱きしめる。

「おにぃっ!?　魔法、魔法、何か……ダ、ダメ、間に合わない～！」

「おとーさんっ！」

悲痛に自分のことを呼ぶ、莉茉とセシルの声が聞こえてくる。

（……罠で転移させられたときみたいだな）

また、ふたりに心配をかけてしまう。

そのことを申し訳なく思いながらも、幸太は胸の中で震えるラヴィを何としてでも守ると誓いつつ、ただ崖下へと落ちていくだけだった――。


「起きて……コータ……起きてっ！」

「がはっ……ぐっ、あぁ……」

ラヴィの涙声の呼びかけと、わずかに身じろぎするだけで全身を駆け抜ける激痛で、幸太は否応なしに意識を覚醒させられた。

「ラ、ラヴィ……無事……？　ははっ……」

答えた幸太は、薄目を開けるのが精いっぱいの有様。

月明かりに照らされ、涙をいっぱい浮かべた目で自分を見つめている少女は、パッと見たところ大きな傷はないようだ。

（あの高さから落ちて、ちゃんと守れたか……ははっ、奇跡か？　ラヴィの力？　それとも、俺が持ってるっていう能力、こういうときに役立つものだったのかな……）

激しすぎる痛みですぐにまた意識が遠のきそうな中、幸太はぼんやりとそんなことを考える。

「どうしてっ……どうして、ラヴィなんかのために……ぐすっ」

「なんかなんて……言っちゃダメだよ、ラヴィ。……はぁはぁ、俺、ラヴィのこと守るって約束したじゃないか……くっ、はぁはぁ……」

悲しげに泣きじゃくるラヴィを励ますため、できるだけ平静を装って声を返そうとするのだが、こみ上げてくるものを我慢できず途切れてしまう。

「ラヴィ、少し待っていれば、きっとセシルたちが助けに……がはっ、はぁはぁ」

咳き込むたび、口いっぱいに広がる鉄臭い味は、自分の血に間違いない。

呆然と空を見上げるが、落ちてきた崖は生い茂る木々の葉に隠されていて、完全に見えないほどの高さだ。こうして生きているのが奇跡と言ってもいいだろう。

(木の枝や葉に当たって、ちょっと勢いが落ちたから……まあ、とにかくラヴィは守れたんだから……よかった……)

そう気を緩めると、意識が一気に遠のいていくのを止められなくなる。

「ラヴィ、悪い……セシルたちがきっとくるから、それまで頑張って……くっ……」

最後の力を振り絞って幸太が告げた直後。

「コータ、しっかりして、コータ！　……うぅっ、助けるっ、ラヴィ……ぜったい、ぜったいに助けてみせるからっ!!　ラヴィなら……できるもんっ。お父さまと約束した！　次は、次はぜったいに助けるって……だから、お願いっ！」

必死に叫ぶラヴィの身体が、目映い光を放ち始める。夜空に輝く月のように、見ているだけで不思議と心落ち着く優しい光。

(何だか……温かい……って、あれ……？)

ぼんやりとその光を見つめていた幸太は、全身の痛みが急速に薄れていくことに気づいた。

何事かと驚く間に痛みは完全に消え、身体の芯から活力がみなぎってくる。

「どうなってるんだ、これ……？」

幸太は慌てて立ち上がり、自分の身体を確認してみた。

服にところどころ破れている箇所はあるが、身体には擦り傷もあざもない。飛び上がってみても、屈伸してみても痛みはどこにもない、完全な健康体だ。

「これ……ラヴィの魔法なのか？」

驚きながら、目の前でへたり込んでいる少女に問いかける。

「……ラヴィ……できた……今度は、ちゃんと……」

うつむくラヴィは、顔を上げることもなく小声で呟くだけだった。

「大丈夫か、ラヴィ？　力使いすぎたとか……」

「うん。久しぶりだったから、力の加減、忘れていて……」

答えるラヴィの声は、今までに聞いたことがないほど力ないものだ。

それだけに、幸太は心配で仕方なくなってしまう。

「本当に平気なのか？　俺を助けるために、ラヴィが……そんな……」

「だ、大丈夫だもん、本当に！　魔力を使いすぎて、ちょっと立ちくらみしてるだけ。コータはちょっと心配しすぎっ……」

そう頬をふくらませて怒るラヴィの声は、早くも少し力が戻ってきていた。

（魔力の使いすぎ……そう言えば、旅立ちの前に、莉茉が教団のところで魔法の訓練しているときに、何度かそうなってたっけ）

チートで授かった魔法能力が物珍しく、また、『どうせなら格好いい詠唱を考えないと』などと調子に乗って訓練に励みすぎた莉茉が、今のラヴィより青ざめた顔でフラフラになっていたことがあった。

訓練に付き合ってくれていたセシルが言ったとおり、ちょっと休憩し、いつもよりかなり多めに食事を取ったらすぐ回復していたし、ラヴィも大事にはならなそうだ。

そうひとまず安心した幸太は、改めてラヴィに頭を下げる。

「ありがとう、ラヴィ！　まさか、助かるなんて……これがラヴィの力なんだな!!」

「う、うん……ラヴィは……」

「いや、本当に凄いじゃないか！　セシルに聞いたけど、癒やしの魔法って攻撃魔法より使い手が少ないし、難しいんだろう？」

旅立つ前、莉茉がゲーム感覚で、『怪我なんて魔法ですぐ治るでしょ？　もしかして、蘇生魔法とかもあったり？』などと軽い調子でいたところを、周囲から全力で突っ込まれていた。

癒やしの魔法の難易度は相当高く、生まれつき祝福を得たものだけが使えるという、この世界では希少な才能らしい。

勇者であるセシルですらちょっとした切り傷を直せる程度のものしか使えず、聖女でありながら攻撃魔法に特化したチート能力を授かった莉茉には習得できなかったほどだ。

エルム教団の上位の司祭には使い手がいるそうだが、それでもセシルと同等か、わずかに上回る程度の魔法しか使えないという。

明らかに何ヶ所も骨折していたし、内臓にも重篤なダメージを負っていた幸太を瞬時に癒やしてしまったラヴィは、超人的な使い手ということだ。

「そうか、ラヴィが言ってた凄い力って、このことだったのか……ごめん、疑ってて。確かに凄い！　本当に凄いっ!!　命の恩人だ、ラヴィはっ」

「あぅっ、そ、それはラヴィも同じ……だって、幸太が助けてくれなかったら、ラヴィはひとりで崖から落ちちゃってたもん。その……」

感動のあまり手を握って感謝を伝える幸太を、ラヴィは少し恥ずかしそうに、そしてまだどこか不安げに見つめていた。

「……コータはおかしいと思わないの？　魔王のラヴィが……戦う力なんてまったくなくて、回復の魔法だけが得意なんて」

「えっ？　別にいいんじゃないか？」

どうしてそんなことを聞くのか、幸太はそもそもその意図がわからず首を傾げる。

「でも、お母さまみたいに剣を取って魔族の模範となれないって……みんな……」

「だけど、ラヴィのその魔法があれば、戦いで打ち倒すお母さんとは違うやり方で魔族のみんなを助けられるじゃないか」

自信なさげなラヴィへ、幸太は言い聞かせるように訴える。

そんな彼女の態度で、何となく事情に察しがついた。

(ラヴィを傀儡にしていた連中が、『魔王なのに癒やしの魔法しか使えない』とか言って、責める理由にしていたんだろうな)

だからこそ、彼女はこの素晴らしい力にコンプレックスを抱き、今までそのことについて明言することもなかったのだろう。

「ラヴィ、自信を持って。ラヴィの魔法は誰も傷つけずに、誰かを幸せにする最高の力なんだ。胸を張って誇っていいんだよ」

ラヴィの潤んだ瞳をまっすぐ見据え、励ますように告げた直後。

「……お父さま……ぐすっ、ふぇえええええええええんっ！」

今まで溜め込んでいたものが一気に決壊したのか、ラヴィは激しく泣きじゃくりながら幸太の胸に飛び込んできた。

「おっとっ……お、落ち着いて、ラヴィ……って、お父さま？」

ラヴィが度々寝言でだけ口にしていたその呼称で呼ばれた幸太は、戸惑いながらも彼女の肩に手回し、慰めるようにそっと背中を撫でる。

「同じっ、ぐすっ、初めて……お父さまと同じこと、言ってくれる人……ふぇえええええっ」

「……同じことって、今の言葉？」

戸惑う幸太に、ラヴィは胸に顔を埋めたままうなずく。

「ラヴィの力……お父さまから受け継いだものなの」

その言葉に、幸太は首をかしげる。

回復魔法について教わった際、『癒やしの魔法は神に仕える聖職者のみに許された奇跡』という話を聞いたからだ。

その疑問は、ラヴィの言葉の続きがすぐ解消してくれた。

「……ラヴィのお父さま、人間だったから……」


――『魔剣の武神』と呼ばれた先代魔王のライラは、強者との戦いを求めてふらりとひとり旅に出る悪癖があったという。

そんなある旅路から戻ったとき、『惚れたから婿にした！』と肩を並べて連れ帰ったのが、ラヴィの父親……人間、しかも聖職者だったのだ。

さすがに魔族に偏見が強いエルム教団ではなく、この辺りより遥か遠い別大陸にある、別の神を信仰する者だったらしいが、魔王の婿が人間の聖職者など前代未聞のこと。

ライラに逆らう力を持つ者などいなかったので表立って問題にはならなかったが、裏では相当の混乱があったらしい。

ラヴィは自身に同情的な魔族、そして父親自身から苦笑交じりにそう聞かされた。

どういう経緯でめぐり逢い、結ばれたかまでは話してくれなかったが、娘のラヴィの目から見ても夫婦仲は良好だったという。

「お母さまは戦うのが大好きで、お父さまは戦いなんて大嫌い……いつも怪我をした魔族のみんなを笑顔で治してあげてた……性格、あんなに違ったのに……ラヴィはいつも不思議だったけど、お父さまに聞いてみても『そういうもんなんだよ』って」

「うーん……まあ、男女の仲ってのはそういうもんなのかねぇ。俺も経験ないから、正直、よくわからないんだけど」

まだ胸にしがみついたまま上目遣いで言うラヴィに、幸太は苦笑で返すしなかった。

とにかく、仲睦まじい夫婦の間に生まれたラヴィは、魔王としての責務、それ以上に戦いを求めてふらりと旅立つことが多い母よりも、父と過ごす時間のほうが多かったそうだ。

「お父さまはラヴィにいろいろなこと、教えてくれた……」

魔族の中で暮らしていただけでは決して知ることがなかっただろう、人間の世界の話。

魔王の城から続くこの広大な森に土地勘があるのも、『何かあったとき、きっと役立つだろうから』という父が、ハイキングの名目でよく連れてきてくれたからだそうだ。

「でも、お父さま……五年くらい前に、病気にかかって……ぐすっ……ラヴィ、お父さまに教えてもらって、少しずつ癒やしの魔法を使えるようになっていたけど、ダメだった。お父さまを助けられなかった……」

死の床についた父親を、ラヴィはやっと使えるようになった癒やしの魔法を使って懸命に看病し続けたものの、それが報われることがなかった。

それでも父の遺言――『誰も傷つけず、誰かを幸せにする最高の力』である癒やしの魔法の訓練を独自に続けていたらしい。

しかし、周囲はそんなラヴィを、『魔王にあるまじき、軟弱な力しか使えない落ちこぼれ』『人との混ざりものなどその程度』とあざ笑い、認めようとしなかった。

そんな周囲の心ない声に負け、ラヴィは父から託された力を堂々と誇ることができなくなってしまった。

「……それで、今まで癒やしの魔法を使えること、言えなかったんだな」

「ごめんなさい……コータは、城の奴らみたいな酷いこと言わないって思ってたけど、それでも……怖くて……」

押しつけられた地位とはいえ、『魔王』であろうとする責任感の強さが、この優しい少女を追い詰めていたのだろう。

幸太はそれがわかるだけに、それ以上何も言わず、ただ彼女を優しく抱きしめて慰め続けるだけだった。

「俺たちもごめんな。ラヴィのことを守ろうとして、逆に傷つけちゃってさ」

「うん……ラヴィもコータのために頑張りたかった。お父さまが死んじゃってから……ラヴィの側にずっといて、優しくしてくれたの……コータだけだから……」

そこまで呟いたところで、ラヴィは何か思い出したように腰にぶら下げていた可愛らしいポシェットの中を探り始めた。

「これっ、見つけたの！　コータの大切なものっ」

そう差し出してきたものは、初めて会ったあの日、幸太が追手の魔物を惑わすために使用してそのまま放置していたスマホに間違いなかった。

「やっぱり、これを探しに来てくれてたのか……」

今朝、莉茉との会話でこれが貴重なものだと改めて知ったからだろう。

足跡を追っているうちに初めて出会った場所に近づいていたことで、もしかしてと思っていたのだが、予想は大当たりだった。

「無茶しないで……いや……ありがとう、ラヴィ。嬉しいよ」

今は注意するより、自分のために勇気を振り絞ってくれた小さな魔王さまへ感謝の気持ちを伝えるべきだ。

幸太はもうバッテリーも完全に切れ、この世界では完全に使い道がなくなってしまっているスマホを大切に懐へしまいつつ、心からお礼を述べる。

「……うん……コータは本当に不思議。お父さまと顔も背丈も匂いも違うけど……でも、こうしてギュってしてもらってるときの温かさ……お父さまと同じ……」

しっかりと幸太にしがみついたままのラヴィは、照れくさそうに視線を泳がせ、何か言いたそうな顔をしていた。

「俺、ラヴィのお父さんほど立派な人じゃないと思うけど……でも、そう思ってもらえるのは光栄だな。それで……どうかしたのか？　いいよ、俺にできることなら言ってくれ。何しろ、ラヴィは俺の命の恩人なんだ！　お礼をたくさんしないとなっ」

幸太はラヴィが言い出しやすいように、わざと大げさに感謝の意をアピールする。

それが功を奏したのか、ラヴィは真っ赤に火照る頬を幸太のお腹にすり寄せながら、意を決したように目を瞑って訴えてきた。

「ラ、ラヴィもコータをお父さまって呼びたい！　セシルだけ、ずるいっ!!」

「……へっ？　いや、いいけど……でも、ラヴィには『お父さま』が……」

亡くなっているとはいえ、死の間際まで彼女を慈しんでいた実の父親に申し訳ない気持ちがわき上がり、思わず問い返してしまう。

「……お父さまが言ってたの」

死の間際。『お父さまがいなくなったら、ラヴィも死んじゃう』と泣きじゃくる彼女に、こう言っていたという。

「大丈夫。私には少しだけ未来を見る力があるから、わかるんだ。……ラヴィニアがとても大変な状況に陥ったとき、私の代わりに君を守ってくれる『お父さま』が現れるよ。君だけじゃない……みんなを慈しんでくれる、とても凄い『お父さま』の力を持った人が……ね」

「……コータと会ったとき、お父さまの言っていた人かなってすぐ思った。でも、ラヴィ、信じ切れなくて……でもっ……命がけでラヴィを助けようとしてくれたコータのこと、もう疑ったりしない！　コータはお父さまが言ってた、ラヴィの『お父さま』なの!!」

もう決して離さないと言わんばかりにしがみついたままのラヴィが、改めて自らの決意を訴えるように宣言する。

「いや、それはちょっと買いかぶりすぎじゃないかな……ラヴィのお父さま」

多少面倒見がいいだけの、もうすぐ三十路のリーマンの自分には、『みんなを慈しんでくれる』なんて聖人じみた呼称は大げさすぎだと思う。

そう苦笑するのだが、嬉しそうに自分に抱きつくラヴィを見ていると、それ以上強く否定するのも無粋な気がしてきた。

「……まあ、頑張るしかないか。ラヴィの『お父さま』のためにも」

本当に予知の力が使える人だったのか。

それとも悲しむ娘を励ますための優しい嘘だったのか。

そこまでは今の幸太にはわからないが、大切な愛娘を託してくれた彼のためにも、より一層頑張ろうという気持ちがわき上がってきた。

「おにいっ、ラヴィちゃーん！　無事？　無事なのー!?」

「……感じる、おとーさんの気配……」

そう決意を新たに噛みしめていると、ちょうど自分たちを捜す莉茉とセシルの声が近づいてきた——。

七章　娘勇者の『甘えん坊』作戦

　幸太がラヴィが心を通わせ、より仲を深めていた――そのころより、一週間ほど前のことだった。

　王都にあるエルム教団の本部では、メーリスが持ち帰った情報に寄り、史上かつてない大混乱が巻き起こっていたのだ。

「どういうことなのか、説明せんか、バカ！」

　小太り眼鏡の中年男。教団の実務を取り仕切る幹部、コーヴィン司祭の怒声に、メーリスは嵐が過ぎ去るのを待つかのように、ただうつむくことしかできなかった。

「そ、そう言われましても、私も何がなんだか……そのぉ……」

「勇者と魔王がひとつ屋根の下で暮らしているなど、どう考えてもありえんだろう！」

「おっしゃるとおり……ですよねぇ。はい、でも、事実で……」

「何をどうしたら、そんな面倒なことが起こるのだ！　どいつもこいつも、このドクズの役立たずどもがっ!!」

　司祭らしからぬ暴言を吐き、怒りをあらわに部屋の机や椅子を蹴り飛ばす。

　血の気が昇り、ツルツルにはげ上がった頭まで真っ赤に染まっているのが、まるで茹でタコのようだと、メーリスはこんな状況だというのにふと思ってしまった。

（タコみたいに、酒の肴として美味しく食べられるならいいけど……あははっ）

メーリスがこの耐えがたい現実から逃れるように、そんなしょうもないことを考えてわずかに表情を緩めた途端、またコーヴィンの怒声が上がる。

「何がおかしい！　そもそも、貴様があの面倒ごとばかりを起こす邪魔者を、きっちりと排除しなかったからだろう!!」

「私はご命令どおり、あの男を罠で追放しましたけど……」

「言われたことをやるだけなら、サルでもできるのだ！　追放など手ぬるいっ、その場で仕留めておけば、もう少しマシな流れになっただろうに……ああ、忌々しいっ!!」

二の句を告げる間もなく怒鳴り散らす司祭に、メーリスは諦め、それ以上の言葉を飲み込むことしかできなかった。

（はっきりと亡き者にしちゃうと、聖女と勇者がショックでどうなるかわからないから、追放っていう形を取れ……そう命令したのアンタでしょ、このクソジジイ。『そういう細かいところまで気を配れるのが、教団を取り仕切る幹部に相応しい知性だ』とか、偉そうに言ってたくせに！）

メーリスは心の中で毒づきつつ、表情は反省して沈んだ真顔を保つ。

この気分屋の上司の下でこき使われるようになって数年、今では剣や魔法よりも得意になってしまったごまかしの技術に、メーリスは我ながら自己嫌悪がこみ上げてきた。

「そもそも奴らがいかんのだ！　籠から逃げた鳥は、早々に始末すればいいものを。そこまですることには反対する勢力があるとかなんとか……ことを起こす前に、なぜ、もっと意見を統一しておかん！　所詮、クズはクズということか……ちっ」

「……あ、あの……それは誰のことを……？」

いらだつコーヴィンが漏らした言葉に、メーリスがさすがに問い返してしまう。

今の話の流れで、『籠から逃げた鳥』とは、それは『魔王』以外考えられない。

つまり――。

「うるさい、貴様のような勇者になりそこないのクズが、我々の崇高な計画を知る必要などない！　とにかく、さっさと現地へ戻れ!!　いいか、何としてでも勇者と魔王を戦わせる必要があるっ。クズでも、クズなりにできることをやってみせろっ！」

質問の答えが返ってくることもなく、ただ怒声とともに書類を投げつけられたメーリスは、必死に表情を取り繕ったままうなずき返す。

「承知しました。それでは……失礼いたします」

頰がピクピクと震えるのまでは抑えられず、声もいつもより不自然に平坦な調子になってしまったが、もう『クズ』に構っている時間はないとそっぽを向いたコーヴィンに気づかれることもなく、メーリスは本部を後にした。


「……怒鳴りたいのは私のほうよ！　何、何なのよ、これっ……」

王都の裏路地。馴染みの酒場へ足早に向かいつつ、メーリスは間違っても他に聞かれないような小声で、怒りを吐き出す。

「あの言い方……教団と魔族がつるんでるわけ？　嘘でしょ？」

悪しき魔族を討つために、勇者を育成する。

両親を失い、物心ついてすぐに引き取られたメーリスは、それこそがエルム教団の崇高な使命という教えに従い、地獄の鍛錬をくぐり抜けてきたのだ。

結果、こうして使いっ走りの一騎士になるのが精いっぱいだったが、それでも世界を救うために役立てている――それを心の支えに頑張ってきた。

教団には様々な闇があり、決して理想どおりの組織ではない。

メーリスもそんなことにはとうの昔に気づいていたが、それを認めてしまえば、勇者を目指し、すべてを捨てて励んできた日々が何だったのかと絶望に沈んでしまう。

だから、あえて目を背けて今日まで生きてきたというのに――。

「お酒、もうお酒……お酒ないと無理、我慢できない」

本来なら、早急に旅立たなければいけないが、とにかく今は、普段より強い酒を呷って酔いに逃げなければ心が持たない。

「勇者と魔王を戦わせるって言っても、あの男……コータがいたら、ぜったい無理よ。勇者、もうあいつの言うことしか聞かないし……ああ、どうすればいいのよ！」

現地に向かったところで、自分にできることなどあるだろうか。

（この前の感じだと、私があいつをわざと罠にかけたこと、勇者にはまだ話していないみたいだったわよね……露骨に敵意は向けられてなかったし。となると、まだ話を聞いてくれるくらいの可能性はあるけど……でも……ああ、自信ない！）

考えれば考えるほど胃が痛くなってきたメーリスは、もう少し先に見えてきた馴染みの酒場の灯りだけを心の支えに、先を急ぐのだった。


「お父さまー、髪、お願いー♪」

「はいはい。ちょっと待ってろよ。ほら、先に顔を洗ってきな」

キッチンで慌ただしく朝食の支度を整えていた幸太の腰に、目覚めて早々、パジャマから着替える間もなく飛びつくラヴィ。

「いいわねぇ、朝から仲良しで。おにぃ、あたしの髪も結って〜」

「お前は自分でできるだろうが。まったく……ほら、ラヴィ、あっちで待っててくれ」

幸太はまだ寝ぼけ眼でテーブルについている莉茉のからかい言葉を軽くスルーしつつ、幸せそうにしがみついてきているラヴィの頭を撫でて促す。

「はーい、お父さま！　ふふふっ……♪」

顔を洗いに外の井戸へ向かう、その足取りも朝から軽やかでご機嫌な様子。

家出騒動から一週間と少し。

幸太を『お父さま』と呼ぶようになったラヴィは、自らの秘密をすべて語り尽くして気持ちが軽くなったせいか、それともためらいなく命がけで自分を救おうとしてくれた幸太へ完全な信頼を寄せるようになったからか。

おそらくはその両方のおかげだろう、以前は時折見せていた憂いも消え、明るく甘えん坊な少女になっていた。

「それにしても、『お父さま』ねぇ……おにぃ、三十路前になって、彼女より先にどんどん娘増やして……あはっ、それはそれで幸せなのかも？　うーん、いっそ、あたしも今日から『パパ』って呼んであげよっか？」

「やめろ、気色悪い。というか、お前の年齢の女から『パパ』呼ばわりとか、犯罪臭が凄まじすぎるだろうが」

相変わらずの調子でからかってくる莉茉を叱りつつ、幸太はやれやれと天を仰ぐ。

（まあ、何にせよ……平和だなぁ）

魔王であるラヴィを利用しようと企む魔族たちも、勇者のセシルを指揮しているエルム教団も、いまだに何か手を出してくる気配はない。

幸太たちも警戒は続けているが、ラヴィと心通わせることができたこともあり、以前よりさらに平和でのんびりとした生活を送ることができている。

「もうちょっと……こんな毎日が続いてくれるといいんだけどな」

「そうねぇ〜、異世界の田舎でスローライフ、思ったより楽しいもん。旅暮らしも刺激的ではあるけど、実際にやってみると不便多いし……ふぁ〜……もうちょっと、こうしてだらしていたいわ、あたしもぉ」

テーブルにだらしなく突っ伏し、聖女として完全に失格な発言をする莉茉に苦笑する幸太だが、この生活が楽しいというのは同意だった。

（やっぱり、『家族』は多いほうが……賑やかなほうがいいよな）

両親を亡くして以来、ずっと莉茉とふたり暮らしだっただけに、今の四人暮らしが思っていた以上に楽しくて仕方がなかった。

「顔、洗ってきたわ。お父さま、髪、早く、早くー」

タオルで顔を拭う間も惜しんで駆け戻ってきたラヴィ——最近、笑顔が絶えない彼女もきっと同じ気持ちだろう。

「はいはい。と言うか、顔はちゃんと拭いてこなきゃダメだろう。まったく……」

苦笑しつつも、幸太はもうトラブルなどなく、この愛らしい少女がずっと笑顔で暮らせる日々が続くように、改めて願うのだった。

そんな風にみんながこの生活に馴染み、穏やかな日々に満足する中——ただひとり、口に出せないもやもやとした気持ちを持て余しているものがいる。

「お父さま、ラヴィ、お魚嫌い……骨いっぱいあるんだもん」

「好き嫌いしちゃダメだろ……ほら、貸して。骨、取ってあげるからさ」

「あはっ、ありがとう、お父さまー」

「あ、あたしもお願い、パパ～」

「お前は自分でできるだろうが！　それとパパはやめろってのっ!!」

朝食の席、テーブルに並ぶ川魚の塩焼きを巡ってまたひと騒動起こっている中、ただひとり行儀よく黙々と食事を続ける少女――セシルは、わずかな胸の痛みを感じていた。

（……ずるい、ラヴィ……それにリマさんも）

物心ついたころから、あらゆることを自力で済ませることが当然という教育を受けてきたセシルにとって、些細なことで忙しい幸太の手を煩わせるラヴィたちの行為は、とても信じがたいものだ。

しかし、幸太自身はそうして頼られることが嫌いでないという話を、本人の口からすでに聞かされている。

それでも尚、こうして気になってしまう、セシルにはいまだ慣れることがない複雑な気持ち――その正体が『嫉妬』というものであることも、すでに教えてもらった。

遠慮はいらない、同じように甘えてくれていい。

幸太からも、そして彼に甘えることにかけてはもっとも年季が入っていると自負する莉茉からも許可を得ているのだが。

（……甘えるって、難しい。どうすればいいのか……）

莉茉やラヴィの真似をすればいいのだろうと思っても、自分でできる、些細なことで大好きな『おとーさん』の手を煩わせるのは申し訳ないという気持ちを振り払えない。

他の方法で甘えようにも、そもそも『甘える』ということがセシルにはよくわからなかった。

（おとーさんが忙しくないとき、ギュって抱きつくことは好き……だけど、それ以外、何をすればいいのかまったくわからない）

莉茉からは以前にやり方を教えてあげると言われているが、こうして目の前で遠慮なく甘えている姿を見ると、彼女に対しても嫉妬の気持ちがわき上がってきて、素直に教えを乞う気持ちになれない。

「ほら、骨、全部取れたぞ……うん？　セシル、どうかしたのか？」

あれこれと考えていて食事を口に運ぶ手が止まっていたらしく、それに気づいた幸太が少し心配そうに声をかけてくる。

（……こういうとき、どう返せばいいんだろう……？）

ラヴィや莉茉なら、幸太にこうして気遣われたとき、セシルの目には驚くほどスムーズに甘えているように見えた。

それを真似すればいいと思うのだが、具体的にどうすればいいかわからず――。

「あの……大丈夫です。ちょっと考え事……していただけ、だから……」

そうごまかすように答えると、残っていた朝食を大急ぎで平らげ、席を立つ。

「今日も見回り……いってきます」

セシルはそう言い残すと、しっかり自分の食器をキッチンの流しに下げてから、小屋の外へ駆け出していった。

「甘えるのって……難しい」

今日は森へはいかず、町の周辺をぐるりと一周する見回りのコースを歩きながら、セシルは頭を悩ませる。

どうしても自分だけが浮いてしまっているという思いが強く、それが今まで知らなかった耐えがたい寂しさを感じる原因となっていた。

(上手な甘え方……わからない。リマさんじゃない、誰かに教えてもらう……？)

そう考えてみたが、他に頼れるあてがないことに気づく。

『勇者とは孤高を貫き、使命のために戦い続けるだけの存在』

セシルはエルム教団でそう教えを受けて育っただけに、人なつっこい莉茉や愛想のいい幸太、さらに最近は年相応の明るさを見せるようになったラヴィのように、町の人たちと気軽に挨拶を交わすような仲にすら、いまだなれていないのだ。

すれ違うときにせいぜい会釈して挨拶する程度の顔見知りがせいぜい。悩み事を相談するあてなどなかった。

「どうしよう……困った……」

かといって、ひとりで考えていてもいい案は思いつけそうにない。

誰か相談できそうな相手はいないか、今一度考えていたセシルの脳裏に浮かんだのは、今はここにいない、もうひとりの旅の仲間のことだった。

そして、ちょうどその瞬間。

「あ、あのぉ……セシルさま？」

町の門の陰から顔を覗かせ、恐る恐る声をかけてきた女騎士――メーリスを見て、セシルは珍しくパッと顔を輝かせた。

「メーリス……さん。よかった……あの……相談が……あります」

「……へっ？　そ、相談……ですか？」

小走りで駆け寄り、真っ直ぐ顔を見つめて訴える勇者の姿に、メーリスのほうは何事かと明らかに戸惑いを隠せないでいた――。


「あ、甘え方……ですか？」

「うん。……私、よくわからなくて……」

町の外の、目立たない木陰に移動するや否や、セシルが真剣な表情で切り出した相談事を聞き、メーリスはどう返せばいいのかもわからずに戸惑ってしまう。

(何だか妙に歓迎ムードで、ラッキーと思ってたのに……どういうことよ、これ)

頭を抱えてぼやきたくなるのを必死に堪えつつ、目の前の愛らしい勇者を見つめる。

「よくないことだってわかってる……けど……私だけ、おとーさんに甘えられないの、寂しくて……だから……」

罪悪感に苛まれ、しょんぼりと肩を落としているその姿は、眉ひとつ動かすことなく標的の魔物を打ち倒せるように厳しく育てられた、教団最高傑作の『勇者』とは思えないものだ。

（よくもまあ、ほんの一～二ヶ月でここまで変わるもんね……）

セシルと同じ、地獄のような特訓の日々を送った経験のあるメーリスが、今のように人間らしい感情を取り戻せたのは、勇者失格の烙印を押され、それでも失意の中で教団の下働きとして表、裏を問わず様々な仕事を押しつけられた結果、骨の髄まで現実を思い知らされたから。

何だかんだ数年はかかったのだから、セシルを変えた幸太の影響力というものが、改めて恐ろしいと感じる。

（聖女と違ってロクな能力を持ってないって侮ってたけど……勇者を短期間でここまで骨抜きにした上に、魔王まで手なずけてるんでしょ？　とんでもない奴よね……）

強力な魔法が使えるとか、誰にも負けない剣の達人とか、そんなわかりやすい能力よりもはるかに凄まじいものだと思う。

（でも、相変わらず人がいいというか、甘い男で助かったわ。セシルさまのこの様子だと、私のやらかしたことはまだ話していないみたいだし……）

すべて露呈していたら、顔を合わせた瞬間斬られるかもしれない。

だからメーリスは、最初、恐る恐る声をかけて様子を窺ったのだが、取り越し苦労で済んだ。

それはよかったのだが、こんな厄介な相談事をされるのは想定外だった。

「あの……メーリスさんもわからない……ですか？」

「えっ、えっと……その、ですね……」

すがるような目で見つめてくるセシルに、メーリスは誤魔化そうと言葉尻を濁す。

(誰かに遠慮なく甘えるとか、私もロクに経験ないのよねぇ……正直)

彼女の境遇も、幼いころに両親を亡くしてエルム教団に引き取られたという、セシルと大差ないものなのだ。こうして教団の騎士となってからは、常日頃面倒な仕事を押しつけられて休みもなくこき使われるばかり。この年齢になっても男性と交際した経験などなく、とても人に教えられるほどの知識はなかった。

(でも、これはチャンス、最大のチャンスよ！)

幸太たちと引き離さなければいけない勇者が、自ら手中に転がり込んできてくれたのだ、これを逃がすわけにはいかない。

(というか、上手くすればセシルさまとあの男の仲を引き裂ける……おまけに、魔王への敵対心も強めることができて一石二鳥になるかも？　あはっ、いいわ、ツキが巡ってきた！)

無茶ぶりばかりしてくる上司に、どうだと胸を張って成果を見せつけられる。

それを想像すると、俄然やる気が湧いてきた。

「お任せください、セシルさま！　このメーリスが、あなたのためにばっちり、しっかりと甘え方のレクチャーをしてみせましょう!!」

「え……わかるの？　メーリスさん」

「もちろんです。私の騎士仲間には、大人になってから教団に所属した娘も少なくないですから。そういった連中から、父親に対する愚痴とか何とかいろいろ聞かされた経験くらいありますし！　余裕、余裕ですっ!!　大船に乗ったつもりでお任せくださいっ」

細かく突っ込まれたらぼろが出るだろうと、メーリスは勢い任せに胸を張って答える。

事実、『うちの親父、過保護でさ〜』などと、親の愛情を知らないメーリスからすれば、贅沢を言うなと怒鳴りたくなるような愚痴を同僚から聞かされた経験はいくらかあるのだ。

（まさか、こんな形で役立つとは思わなかったわ。ふふっ、いけるっ、この計画なら上手く仲を引き裂けるはずよ！）

希望の光が見えたと、目を輝かせて教えを待つセシルに気づかれぬよう、メーリスは心の奥底でほくそ笑む。

（ちょうどセシルさまくらいの女の子は、普通に振る舞っているだけで父親と仲が悪くなるものだって、同僚たちは言ってたわ。あいつらから聞いたことをそのままやらせれば……ふふふふっ、完全完璧、楽勝の計画よ！）

メーリスは記憶をたどって思い出しつつ、期待に目を輝かせて話を待つセシルに、ひとつずつ指示を吹き込んでいくのだった。

——そして翌日。

「さてと、今日は食堂の手伝いは休みだし、家のこと済ませちゃわないとなぁ」

（本当に……言っていいのかな？）

小屋の中。今日も家事に勤しむ幸太の様子を窺いつつ、セシルはメーリスからの教えを思い返しつつ、なかなか踏ん切りがつかないでいた。

『父親は、娘にきついくらいのわがままを言われると喜ぶものなのです！』

大前提としてメーリスが教えてくれたその言葉には、確かな説得力があった。

事実、セシルから見ると呆れてしまうくらいわがままを言うラヴィを、幸太はよほどのことがない限りは叱ることなく、むしろ頼られることが嬉しいと微笑んでいるのだから。

しかし、それにしてもメーリスから受けたアドバイスは素直に受け入れがたいものだった。

(おとーさん……本当に怒らない？　傷つけちゃう……かも……)

しかし、胸を張って『お任せください』と自信たっぷりに教えてくれたメーリスは、旅の仲間だった人。あまり疑いたくはない。

セシルがあれこれと思い悩む間に、いよいよそのチャンスが訪れてしまう。

「さてと、とりあえず洗濯済ませるかな。ラヴィの分はあるし……おーい、莉茉、洗濯物全部出してるかー？　ああ、セシルもまだ何かあれば……」

籠を抱えた幸太が問いかけてきた刹那、セシルはメーリスの教えを頭の中で復唱し、勇気を振り絞って宣言する。

「……いや……です」

「へっ？　いや、いいって？」

「……おとーさんの洗濯物と、一緒に洗うの……いや……です」

戸惑う幸太に、セシルは胸いっぱいにこみ上げてくる申し訳なさを堪えつつ、教えられたとおりの言葉を投げつける。

『年頃の娘は、父親と自分の洗濯物を分けて洗ってくれとわがままを言うものなのです』

メーリスの教えのひとつを頭の中に浮かべるセシルは、実際口に出した後でも、まだそれがいまいち納得できないでいた。

(本当によくわからない。洗濯物別々に洗うなんて、水の無駄……非効率なのに)

そう考えながら反応を窺っているセシルに、幸太は少し驚き……その後、なぜかちょっと嬉しそうに微笑み返してきた。

「ははっ、そっか。セシルもそういうの気にするようになったか……うん、そうか～」

「えっと……あの……おとーさん、どうして笑ってるの？　私、わがまま言って……」

甘えさせてくれるにしても、ラヴィがわがままを言ったときのように、まずは軽い注意がくると考えていたセシルは、予想外の笑顔にただ戸惑うことしかできない。

そんなセシルの頭にポンッと優しく手を置いた幸太は、ひとり、納得したように何度もうなずいていた。

「いや、セシルくらいの年頃の女の子なら、そういうの気にして当然だって。今はすっかり俺任せになってる莉茉だって、一時期は一丁前にそんなこと言ってたんだぜ？」

そう幸太が言ったとき、ちょうど部屋から自分の洗濯物をどっさり抱えた莉茉が出てきて、『そのとおり』とうなずいた。

「まあ、ほら、年頃の女の子はいろいろ意識し過ぎちゃうものだし？　あたしくらい大人になると、そういうつまらないこだわりから解放されて、素直に実利を取れるようになるけど」

「実利ってなんだ。ただ、そういうことにこだわるのも面倒くさいくらい、ますます怠け者になっただけだろう、莉茉の場合は。まったく……」

なぜか自慢げに言う莉茉に突っ込んでから、幸太は改めてセシルを見つめ、しみじみと、少し感動すらしたように言う。

「……勇者として戦うことだけがすべてって、そう言っていたセシルが……そういう普通の女の子みたいなことを気にする余裕が出てきた。それが嬉しいよ、俺は」

「え、えっと……ありがとう、おとーさん……」

頭を撫でてくれる幸太の言葉が、まだセシルにはよくわからない。

でも、幸太が凄く喜んでくれたのは確かだ。

(メーリスさんのアドバイス……凄い……)

自分では想像もできなかった展開に、セシルは自分が相談した相手は期待していた以上に頼もしい人だったのだと感動してしまう。

「わかったよ、セシル。じゃあ、セシルの洗濯物はちゃんと別にして洗うから……」

「あっ、でも……あの……おとーさんの手間になっちゃうから。……代わりに、私がおとーさんの洗濯物、洗います」

それはそれとして、やはり大好きな『おとーさん』の手を煩わせるのは申し訳ないと、セシルは咄嗟に宣言し、自分の洗濯物を幸太に渡す代わりに、彼が持っていた洗濯物を奪った。

「いや、そこまで手間じゃないから、大丈夫なんだけど……」

洗濯機というものがある日本でなら、二度に分けて洗う必要があるので多少手間だが、この世界の洗濯物は、たらいに水を張ってそこに入れ、ちょっとの石けんをつけて手でごしごしとこするというやり方だ。

たらいの水を入れ替えればいいだけなので別に問題もないと思う幸太だが、わがままに慣れていないセシルは、自分が無理を言った分のお返しをしなければいけないという使命感を捨てられないでいた。

「大丈夫……です。おとーさんの洗濯物、丁寧に、綺麗に、ピカピカに洗います！」

「えっと、それなら自分の洗濯物を自分で洗うってしても……いや、まあ、いいけど……それじゃあ、一緒に洗いにいくか？」

「……はい、私……頑張ります！」

そう力強く返事をしたセシルが手に持った洗濯物をギュッと抱きしめると、いつもしがみついたときわずかに漂ってくる幸太の匂いが感じられ、それだけで今までよりずっと距離を縮められたような気がして、胸が温かくなってきた。

(この調子で……もっと、頑張れば……)

アドバイスを聞いた直後はいくつも疑問が残ったけれど、もう信じる他ない。

セシルは今日一日、頼もしいアドバイザーから得た助言どおり、頑張って行動しようと改めて決意したのだった。

次のチャンスは、洗濯を終えた直後のことだった。

「ふぅ、今日はセシルが手伝ってくれたおかげで早く終わったよ。ありがとう」

「ううん……私がわがまま言ったから、お礼……」

庭先で肩を並べ、ひとつずつやり方を教えてもらいながら洗濯に勤しんだ時間は、今までにないほど幸太を独り占めでき、セシルはすでに大満足していた。

「別に、あれくらいならわがままでもなんでもないって。遠慮しないで、これからも気になることがあったら言ってくれよ、セシル」

幸太がそう言ってセシルの肩に手を回し、自然に抱き寄せてくれる。

陽気がいい日に外で働いていたせいだろう、密着した幸太の身体はいつもより少し熱く、そして汗ばんでいるのがわかった。

（そう言えば……）

セシルの脳裏に、ちょうどこのタイミングで言うのが相応しいであろう、別のアドバイスが浮かんでくる。

教えてもらったときには、どう考えてもただの悪口で、それを口実に甘えることなど本当にできるのかと疑ったのだが、メーリスの教えを信じると決めたばかりだ。

（おとーさん……ごめんなさい）

心の中で謝ってから、セシルは意を決し、教えられた台詞を口にする。

「おとーさん……臭い」

「えっ？　臭い……？」

言われた幸太はハッと驚き、慌ててセシルから身体を離す。

その大げさな反応を見て、セシルは『やっぱり間違いだったのでは』と不安が募ってくるのを堪えつつ、恐る恐る幸太の様子を窺い続けた。

『年頃の女の子は、父親のにおいを嫌がるものなのです、セシルさま！　ですから、やたらくっついてくるようなことがあったら、そう言ってあげてくださいっ!!』

メーリスの教えどおりにやったのだが、本当によかったのだろうか。

セシルは酷いことを言って傷つけたのではないかと心配していたが、幸太はクンクンと自分の二の腕辺りの臭いを嗅ぎ、ちょっと顔をしかめていた。

「そっか、汗かいちゃってるからなぁ。ごめんごめん、セシル。俺がデリカシーなかった」

「えっ……あ、あの……大丈夫……です。臭い……って言っても、その、私、おとーさんの匂いは嫌じゃない……ですし……その……」

怒られるどころか逆に謝られてしまったセシルは、ますます申し訳ない気持ちでいっぱいになり、うつむいてしまう。

このアドバイスは失敗だったか。そう落ち込み駆けた刹那。

「とりあえず水浴びでもするか……いや、今日はこの後、特別予定もないし……この前の温泉にでも行ってみるかな、また」

幸太がそう呟いたのを聞き、セシルはハッと顔を上げる。

「あの……おとーさんひとりだと、森の奥までいくのは危ない……です。だから、私も一緒にいって……いいですか？」

「えっ？　ああ、いいけど……って、その、また一緒に入る……？」

「……おとーさんが迷惑じゃなかったら……背中、流してあげたい……」

セシルはちょっと気恥ずかしさを感じつつ、勇気を振り絞って訴える。

この前は酔っ払って暴走する莉茉、そしてやる気満々のラヴィについ譲ってしまい、ゆっくり流してあげることができなかった。

それが心残りになっていたセシルだけに、頬がカッと熱くなるのを堪え、じっと見つめて必死におねだりを続ける。

「ま、まあ……そうだな……セシルがそこまで言うなら。ただ、お湯から出るときはちゃんと身体にタオルを巻く！　それは約束だぞ、セシル」

「うん。ありがとう、おとーさん……ふふっ」

（おとーさんとふたりっきりで、お風呂……ちょっとドキドキするけど、嬉しい）

また予想以上に上手くいってしまった。

離れてしまった幸太に、またさりげなくギュッとしがみつきつつ、セシルは心の中で改めてメーリスへの感謝の思いを深くする。

「洗濯物を分けてくれって、そこは気にするようになっても、そっちはまだ平気なのかぁ……うーん……難しいな。莉茉は、もうちょっとわかりやすかったんだけど……」

「おとーさん……いこう？」

ちょっと難しい顔でぶつぶつと呟く幸太を促し、先日も訪れた温泉へ向かう。

「おとーさんの背中……やっぱり広い。……前も洗う？」

「いや、前はいい、いいから！　こら、手を回しちゃダメだってっ!!　いや、本当っ」

川沿いの静かな温泉。

先日のように酔ってご機嫌の莉茉や、自分より甘え上手のラヴィに邪魔されることなく、セシルは思う存分、幸太とのんびりとしたひとときを楽しめたのだった。


そして最後の仕上げはその日の夜。夕食後のことだった。

(そろそろ……いい時間)

窓の外の月を眺め、セシルは頃合だと立ち上がる。

今日一日の成果を報告するため、町はずれで待機しているメーリスと合流する約束をしてあるのだ。

そしてそれは、今日、最後のアドバイスを試すチャンスでもある。

今日は朝から幸太と肩を並べて洗濯を教えてもらい、さらに一緒に温泉でゆっくり過ごし、ちょっと気を緩めると顔が自然とにやけてしまうくらい幸せいっぱいの気分だ。

もう十分、独り占めしすぎるのもよくないという思いも胸を過ぎるが、遠慮なく幸太に甘える喜びを味わってしまった今、それをもっと求める気持ちを我慢できない。

「……出かけてきます」

セシルはちょうど夕食後の食器洗いを終えて戻ってきた幸太へ、そう告げる。

「えっ、こんな時間に？　どこへ……」

返ってきたのは、メーリスから『きっとこう言われるので……』とあらかじめ教えてもらっていたとおりの言葉。

これならアドバイスどおりでまた上手くいくはず。セシルはそう自信を持ち、湧き上がる罪悪感を我慢しつつ返事をした。

「……おとーさんには、関係ない……です」

メーリスに教えられたとおり、できるだけ感情が混ざらないよう、淡々と、冷たく聞こえるような口調で言う。

心配してくれている幸太に対して申し訳ない台詞だと思うのだが――。

『年頃の娘は、夜遊びをして父親を心配させるものだそうです』

そんなメーリスの教えを、今回も盲信してみる。

申し訳ないという気持ちを必死に我慢し、セシルは小屋の外へ出ようとしたが、それを引き留めたのは予想外の人物だった。

「ちょっと待って、セシル！」

いきなり扉を塞ぐように駆け込んできた黒い影――ラヴィは、両手を大きく広げ、絶対に通さないという固い意思を見せる。

食事の後、部屋へ戻っていたはずの彼女がどうして出てきたのか。

戸惑っているセシルを、ラヴィはなぜか少し潤んだ瞳で見つめてきた。

「……セシル、何を隠してるの？」

「っ……別に、私は何も……」

『おとーさんに甘えたい』作戦を、見抜かれていたというのか。

驚きながら、それが顔に出ないよう必死に平静を装って誤魔化そうとしたセシルだが、愛らしい魔王はそうはいかないといわんばかりに首を横に振る。

「嘘、さっきお父さまから聞いたもん！　セシル、今日は朝から何だかいつもと様子が違うって。また、ひとりで何かやろうとしているんでしょう？」

「……えっ？　あの、私は……」

「セシルもラヴィと約束したでしょ！　ラヴィに心配をかけないようにって、内緒にするのはやめてってっ!!　セシルに何かあったら、お父さまが悲しむでしょう！」

段々と感情が高ぶってきたのか、瞳からこぼれる涙を止められないでいるラヴィを見て、セシルはようやく彼女の誤解に気づいた。

ラヴィが幸太を『お父さま』と呼ぶようになった事件まで、セシルたちは彼女に余計な心配をかけないため、敵対的な魔族やその他の脅威への対策を秘密に行ってきた。

今、理由を言わず出ていこうとする自分のことを、またそうやってひとりで抱え込んで解決しようとしている、そう勘違いしたのだろう。

「あ、あの……違う。私は、その……よ、夜遊び……？」

「いい子のセシルがお父さまに心配かけるような、そんな真似するわけないでしょ！　そんな安っぽい嘘で、ラヴィを騙せると思わないでっ!!」

咄嗟に紡いだ嘘も、ラヴィの涙声で一蹴されてしまう。

(ど、どうしよう……違う、本当に違うのに……)

ただ、『おとーさまに甘えたいから』なんていう理由で、ラヴィを泣かしてしまった。

その罪悪感に、セシルはただうろたえることしかできなくなってしまう。

「……セシル、そうなのか？」

そうしている間に、成り行きを見守っていた幸太まで心配そうに問いかけてきた。

「おとーさん、あのっ……違う、本当に、私……ただのわがまま……」

「だーかーらー、セシルがそんなわがまま言うはずない！　嘘が下手すぎっ!!」

真実を話そうとしても、そんなラヴィの怒声で遮られ、どうにもならない。

メーリスからのアドバイスにはなかったし、自身もまったく想像していなかった展開に、セシルはただ視線を泳がせて押し黙ることしかできなかった。

(ど、どうしよう、どうしよう……)

考えてみても解決策も浮かばず、何だか自分まで泣きたい気分になってきたセシルが、いよいよ追い詰められてしまったそのときだ。

「はいはい、みんなちょっと落ち着いて」

今まで、一歩引いたところでそっと様子を見ていた莉茉が仲裁に入ってくれた。落ち着けることではないと、抗議の目差しを向けるラヴィと幸太を目配せで抑えつつ、莉茉はじっとセシルを見つめてくる。

「リマさん、あの……えっと……」

「んーっ、今日は朝から、なーんか様子おかしいと思ったのよね。いつものセシルちゃんらしくないって言うか。……でも、勇者として頑張らなきゃいけない、そんな悲壮感もなかったから気にしてなかったんだけど……」

そこで言葉を止めた莉茉は、幸太たちには聞かれないよう、セシルの耳元に唇を寄せて小声で問いかけてきた。

「……おにぃに甘えたくて、ちょっと『わがまま』を頑張ってみた？」

「あっ……あの……は、はい……ごめんなさい……」

見抜かれていたことに驚き、そしてどこかホッとしたセシルは、隠すこともなくすぐさま正直にうなずく。

『やっぱりね』とひとり納得した莉茉は唇を離すと、少し考え、何か気づいたのかニヤリと不適に微笑み、今度は幸太たちにも聞こえるように問いかけてきた。

「でもねぇ、セシルちゃんが自分で思いついたにしては、ちょっと納得できないようなことばかりだったのよね、今日の行動。と言うことは……誰か、教えてくれた人がいるってことじゃないかしら？　……ねぇ？」

「えっ……あ、あの……はい……」

完全にすべて見透かされていたことに改めて驚いたセシルは、結局、聞かれるままますべてを話してしまうのだった。


……それから、一時間ほど後。

小屋の中では連れ込まれた今回の『主犯』を取り囲み、尋問が始まっていた。

「……あの……ありがとうございます、メーリスさん。教えてもらったこと、凄く役に立って上手くいったけど……ちょっと、みんなに心配をかけちゃいました……」

「あはは……その……本当に？　上手くいった……？」

申し訳ないと頭を下げるセシルに、メーリスはこめかみをピクピクと痙攣させながらも湧き上がる激情を必死に押さえ込んでいた。

（いやいや、ありえないわ、ありえないでしょ！　だって、私が聞いた話だと、みんなそれで父親と仲が悪くなってたとか、なんとか……）

自分も聞いた話でしかないが、それでも自分が教え込んだような真似をやらかし、それで仲がよくなるなど常識的にありえないはずだ。

（どうなってるのよ、一体！　ああ、もう、わけがわからないわっ!!）

セシルと待ち合わせをしていた街はずれに、なぜか幸太たちが四人揃って姿を現したときには、『すべてが露呈し、終わった』と正直破滅を覚悟した。

その後、外で立ち話もなんだからとここへ案内されるなり、この状況だ。

（この男……聖女の兄だけあって、中身が聖人なの？　聖女の中身が俗っぽすぎる分、お兄さんのほうが人間できてるとか……）

セシルの暴言やわがままをすべて許して受け入れた上、一歩間違えば死んでいたかも知れないような罠にかけた自分を小屋へ連れ込み、特に糾弾することもなく、普通に応対してくれている幸太。

彼の人のよさが、メーリスには今さらながら恐ろしくすら感じてしまう。

「いや……メーリスさんが、セシルのためにいろいろアドバイスしてくれていたなんて、少し意外だったけど……でも、ありがとう。俺、セシルがそんな風に悩んでるなんて気づけなかったからさ。……一歩間違えてたら、また大変なことになってたかもしれないし」

当の幸太は、メーリスに対して確かに割り切れない思いもあるものの、今のところは素直に感謝していた。

思いのすれ違いのせいでラヴィとの間にひと騒動起こった記憶がまだ新しいだけに、未然にその危機を防げたのは何よりだ。

「その……メーリスさんはエルム教団の人からいろいろ言われてるだろうし、セシルと俺が仲よくするの、歓迎してないと思ってたけど……ごめん、疑いすぎだったかな？」

（そのとおりよ！　わかるでしょ、それくらいっ!!）

申し訳なさそうに言う幸太へ心の中で毒づくメーリスだが、それを口に出せばせっかく穏便に誤魔化せそうな状況が台無しになってしまうと、必死に笑顔を取り繕う。

「わ、私は勇者さまのお付きの騎士ですし……セシルさまの幸せが第一といいますか、その、何というか……あははっ……」

「……ラヴィ、この人、何だか気に入らない。……お母さまに従っていたくせに、ラヴィが魔王になった途端、すぐ裏切った人たちと同じような匂いがする……お父さま、本当に信じても大丈夫なの？　セシル、酷い目に遭わされたりしない？」

幸太の隣で身を隠すように腕にしがみついたまま様子を窺っていたラヴィが、そんな苦労性の騎士の心を見抜いたかのように、鋭い言葉を投げつける。

「そ、そんなことないですよ！　……というか、本当、仲よくなりすぎ……」

慌てて弁明しながらも、メーリスは魔王の懐きっぷりに改めて驚きを隠せなかった。

(魔王がただの人間をお父さま呼ばわりって……本当、この男、実はとんでもない魅了の能力でも授かってるんじゃないの？)

だとしたら、自分も惑わされないように気をつけなければと、メーリスは自戒する。

もっとも、すでに胃袋は旅の途中で彼の料理に魅了され尽くしてしまっているが。

(それにしても、計画……どうしよう。ああっ、もう、このまま成果なしで戻ったら、またあのクソハゲの嫌みをたっぷり聞かされるし……)

改めてこの仲睦まじい、家族同然の四人の姿を見せつけられると、仲を引き裂くなど簡単なことではないと思い知らされてしまう。

いい案など浮かぶわけもなく、いっそ頭を抱えて嘆きたいという衝動に駆られてしまった直後だった。

「まあまあ、難しい話はこれくらいにしてさぁ。メーリスさんも長旅で疲れたでしょ？　今日は少し羽根を伸ばすってのはどうよ」

今まで、ニヤニヤと楽しそうに横で話を聞いているだけだった莉茉が、いきなりテーブルにドンッと酒瓶を置いて提案してきた。

「これ、この前町で知り合った魔族の商人さんに安く譲ってもらったのよ。何だか珍しいお酒なんだって。ひとりで飲むのも味気ないし、付き合ってくれる人探してたのよねぇ♪」

メーリスの返事も待たず、莉茉はキッチンからいそいそと三人分のグラスを持ってきて、それに瓶を満たしていた琥珀色の酒を注いでいく。

「い、いや、私はお酒なんて……」

いくらお酒好きとはいえ、この敵地のど真ん中で酔うなどとんでもないと遠慮しかけたメーリスだったが――。

「いいのぉ？　セシルちゃんに変なこと吹き込んだの……おにぃとの仲を裂こうとしたからなんでしょう？　全部ばらしちゃおうかなぁ～」

莉茉にそう耳元で囁かれ、言葉の続きを飲み込んでしまう。

『あんたにはわかったのか』と呆然とメーリスは目を見開き、無言で問いかける。

「そりゃ、アドバイスの内容が『父親をウザがる年頃の女の子』みたいなものばかりだし、当然でしょ。でも、甘いわね。おにぃはあたしというチョーわがまま、自分勝手な妹を育てて、鍛え上げられてるんだから。ちょっとやそっとの反抗なんて、可愛いもんだのひと言で受け流されちゃうわよ」

「……あんた、どんだけ迷惑かけたのよ、実の兄に」

小声で、なぜかちょっと自慢げに言う莉茉に、メーリスはさすがにぽつりとツッコミを入れてしまう。

「お父さま、あいつら何か内緒話してるし、やっぱりうさんくさい……」

そんな様子をじっと観察し続けていたラヴィが呟き漏らすと、メーリスはそんなことはないと大げさに首を横に振り、咄嗟に目の前のグラスを手に取った。

「べ、別に、ちょっと大人の女同士のお話をしていただけといいますか！　あのっ、聖女さまのお誘いですし、これ、いただいてもいいでしょうか？」

「うんうん、飲んじゃえ、飲んじゃえっ♪　かんぱーい！」

なぜかノリノリで自らもグラスを取って掲げる莉茉に促されるまま、メーリスも覚悟を決めてグラスに口をつける。

「うっ、これ、強っ……口に含んだだけで、カーッて燃えるような……でも、凄く香りがよくて味も奥深くて……えっ、もしかして凄く高い火酒？」

「珍しいお酒って言ってたけど、確かにいいわね、これ。何だろ、上等なシングルモルトみたいな……うんうん、こっちの世界で飲んできた中で、一番美味しいかも！　ほら、メーリスさんもどんどん飲んじゃっていいわよ♪」

　勧めてきた莉茉もその味が気に入ったのか、かなり強い酒を早いペースで飲んでいく。

（ど、どうしようかしら。でも……もう、どうしようもないし……いいわよね？）

　メーリス自身、普段、自分の乏しい給料で飲んでいるものとはレベルが何段階も違う高級な味わいに、我慢などできなくなってしまっていた。

（そうよね。いっそ、一緒にお酒飲んで仲よくなって……そうすれば、今までより情報も集めやすくなるし、それで次の作戦も思いつけるかも……うん、仕事、これも仕事よ！）

　自分に都合よくそう考えをまとめ、本格的に美酒を味わい始める。

「んくんく……うん、強いけど飲みやすいですね、これ。ああ……美味しいっ」

「あはっ、メーリスさん、いい飲みっぷりじゃない！　ほら、おかわりどーぞ♪」

　吹っ切れた後、まるで水を飲むようなペースでグラスを傾けていくふたりに、幸太たちは口を挟む間もなく圧倒されてしまう。

「えーっと……俺はちょっと肴でも用意するか。セシル、ラヴィ、手伝ってくれるか？」

「う、うん……」

「……ラヴィも、何だかここにいないほうがいい気がしてきた」

　危険を感じた三人がキッチンへ待避し、ほんの一時間ほど後。

　小屋の中は、かつてないほどの大騒乱の舞台となってしまっていた。

「ぷはぁ、ほらー、もっとよこしなさいよ、このダメ聖女！　うぅっ、あんた、家のこともほとんどお兄さんに任せっきりで一日ぐーたらしてるくせに、こんないいお酒飲んでるとか、本当、贅沢すぎっ!!　ありえないわっ！」

「あははっ、いいんでーす。働かないで飲むお酒だって美味しいしー。社畜の嫉妬、乙♪」

「意味わかんないけど、なんかむかつくーー！　ああ、もうっ、羨ましいーっ、私だってねぇ、あの無茶ぶりばっかりのハゲの下で働くなんてまっぴらごめんっ、あんたみたいに優しいお兄さんのもとでのんびり過ごしたーいっ!!」

頬は真っ赤に火照り、目はとろんと据わってしまっている、完全酔っ払い状態のメーリスと莉茉が、憎まれ口をたたき合いながらも休むことなくグラスを傾けている。

「お、おい、ふたりとも、さすがにそろそろ……というか、せめてふたりを離してあげてくれないと……その……」

一歩引いたところで見守る幸太は、迫力に気圧されながらも恐る恐る声をかける。

本当なら見なかったことにして部屋に逃げ込みたいところなのだが……。

「あの……莉茉さん……ちょっと、苦しいです」

「うぅっ、離せ、酔っ払い〜！　魔王であるラヴィに対して、無礼だぞっ!!」

莉茉の胸にはセシルが、そしてメーリスの胸にはラヴィが。

泥酔女ふたりは、わざわざキッチンまで行ってそこに逃げていた愛くるしい少女たちを捕まえ、まるでぬいぐるみのようにギュッと抱きしめて離そうとしないのだ。

「えーっ、いいじゃないの～。だって、セシルちゃん可愛いしー♪　本当、こんな可愛くておとなしくていい子を勇者として無理矢理戦わせるとか、エルム教団鬼畜すぎでしょ」

「知らないわよ、そんなの！　私だってねぇ、大人になって、教団の外の世界を知るまで、それが普通のことだって信じ込まさせられてたんだからぁっ。ひっくっ、というか、そもそも人類を滅ぼす恐ろしい敵だって聞かされてた魔王が、こんなお人形さんみたいに可愛い子ってどういうことなのよ！　明らかに倒す必要なんてないじゃないっ」

幸太の説得も少女たちの抗議の言葉も無視し、ふたりは抱きしめた少女たちにアルコールで火照った頬をすり寄せ、全力で愛で続けるだけだった。

「……お酒くさい……です」

「うぅ、本当に離せ、無礼者～！」

セシルは顔をしかめながら、莉茉を力任せに振り払うなどできないのだろう、必死に耐え続けている。

ラヴィのほうはじたばたと暴れているのだが、騎士として鍛錬を積んでいるメーリスの、酔いで加減が効かなくなっている力を振り払うことはできないようだ。

「お前ら、さすがに酔い方がたち悪すぎるぞ。……というか、この酒、そんなに強いのか」

さすがにそろそろ本気で引き離してやらなければいけないだろうと歩み寄った幸太が、ほとんど空に近くなっている酒瓶を手に取って確かめてみる。

魔族から譲ってもらったと莉茉が言っていたが、確かに書かれている文字は人間界で使われている日本語とは違い、読むことができない。

「そのお酒……もしかして、『魔剣破り』……？」

メーリスの胸の中でバタバタもがいていたラヴィが、幸太が持ち上げたボトルを見て、少し懐かしそうに呟いた。

「知ってるのか、ラヴィ？」

「……お母さまが、好きだったお酒。……凄くお酒に強いお母さまでも、すぐに酔っ払っちゃうくらい強いから……だから、『魔剣破り』って名前をつけたって」

『魔剣の武神』と恐れられたラヴィの母親がすぐに酔うという酒を、鍛えているとはいえ、普通の人間ふたりが水のようにがぶ飲みしていたというわけだ。

この酷い酔い方も、それで少し納得できた。

「ほら、もうおしまいにして……少し水を飲んで酔いを醒まさないとダメだ！　ほら、お前らの匂いだけでセシルとラヴィが酔っちゃうだろ、離せっ!!」

さすがに優しく言い聞かせるだけでは無理だと、幸太は少し強引にふたりの腕から囚われのお姫さま状態だった少女たちを引きはがす。

だが――。

「いいもん、じゃあ、代わりにおにぃがあたしの抱き枕になってー！　ほら、メーリスさんも抱きついちゃえ、抱きついちゃえっ!!」

「うぅっ、もう、あんたが悪い、基本的にぜーんぶあんたが悪いのよーっ!!」

酔っぱらいふたりはすぐさま幸太の腕にしがみついてきた。

「お、おい、ちょっと待て！　莉茉はいつものこととして、メーリスさんまで……」

自分を罠にかけた女騎士にまでしがみつかれた驚きに、幸太は目を丸くしてしまう。

「うるさいわねっ！　うぅ、あんたのせいで、そうでなくても無茶ぶりばかりできつい仕事がますます辛く……うぅっ、何よ、勇者からも魔王からも『お父さん』って呼ばれてるんだし、ついでに私のお父さんにもなりなさいよ！　愚痴聞いて、思いっきり甘やかしてくれたってバチは当たらないでしょ!!　ぐすっ、ふぇえええええええんっ、お仕事辛いよぉおおっ！」

酔いで感情に歯止めが効かなくなっているらしいメーリスは、少し涙ぐみながら幸太の腕に顔を埋め、やがて本気で泣き始めてしまう。

「何で、こうなるのよーっ！　世界を救う勇者になるんだって、小さいころからずっと、辛いことばっかりだったの我慢して頑張ってきたのにっ！　あんなバカハゲに怒鳴られてばかり、汚れ仕事ばかり押しつけられて……私、こんなことのために頑張ってきたんじゃない！」

何とか振り払おうとしていた幸太も、メーリスの慟哭を聞き、さすがに乱暴な真似ができなくなって動きを止めてしまう。

「あははっ、凄い溜まってたみたいねぇ、メーリスさん……ひっくっ、何を企んでたかぁ、酔わせれば上手く聞き出せるかなとか思って誘ったんだけどぉ……んぅ～、これはちょっと計算違い？　本気で可哀想になってきたかも……ふぁぁ～……」

メーリスの叫びで少し酔いが覚めたように呟いた莉茉は、そう言うやいなや、限界が訪れた

らしく、目を瞑って寝息を立て始めてしまう。

「おい、莉茉、寝るなら自分のベッドで……ほ、ほら、メーリスさんも、いろいろ辛いことがあるなら、素面のときに相談乗るから……とりあえず今晩はお開きで……って、おーい？」

「うぅ……本当、あんたの声、匂い、温もり……何で、こんなに落ち着くのよぉ……やっぱり魅了の力でも持ってるんじゃ……はふぅ、ふぅ……んぅ……」

ずっと溜め込んでいた不満を吐き出してスッキリしたせいか、メーリスまで幸せそうな表情で眠りに落ちてしまう。

「いやいや、ふたりとも、寝るなら俺を離してからにしてくれって！」

「こ、こらー！　お父さまを離しなさい!!　今日、お父さまはラヴィと一緒に寝てくれる約束だったのにっ、こらーっ!!」

「私も……一緒に寝たかったのに……メーリスさん、ずるい……」

何とか引き離そうと身じろぎする幸太。引っ張ってどうにかしようとするラヴィと、少し遠慮がちに揺さぶって起こそうとするセシル。

三人のその程度の声が、泥酔状態の美女ふたりに届くことはなかった――。

そんな地獄のような夜が明け――翌朝。

「うぅっ、ふたりとも、まだ立っちゃダメ！　反省が足りないっ!!」

「あはは……足、もう痺れて痛いんだけどぉ……」

「どうして、私が魔王に命令されて、こんな……」

リビングの床。怒りの形相で立つラヴィの前で、ようやく目覚めた莉茉とメーリスは仲よく肩を並べ、正座を強いられていた。

「……まあ、自業自得だな、今回は」

ぐったりとテーブルに突っ伏す幸太も、今は救いの手を差し伸べる気になれない。

つい先ほどまで、ぐっすり眠りこけていたふたりに腕を掴まれたまま、ひと晩を明かす羽目になってしまったのだ。

不自然な体勢を強いられていたせいで、全身の関節がバキバキに固まっており、立ち上がるのもひと苦労な有様なのだから、それも当然と言える。

「……おとーさん……ひと晩中、取られた……」

幸太を介抱しているセシルも、ふたり——特にメーリスに対して、責めるような目線を向けていた。

幸太に甘える方法を相談し、アドバイスをくれたメーリスに、最後の最後で美味しいところを横取りされたような気分。

感謝しつつも、セシルはその複雑な思いを消化しきれないでいる。

「うぅ、お母さまもお酒に酔ったときはラヴィをぎゅーって抱っこしたままなかなか離してくれなくて嫌だったけど、ふたりはそれ以上に酷かった！　あんなに酔っちゃうくらいお酒を飲むなんて、大人としてよくないっ!!」

腰に手を当て、薄い胸を張ってお説教するラヴィの言葉は正論だけに、莉茉もメーリスもうつむいたまま、何も反論できない。

「お酒には強いって自信あったんだけどぉ、昨夜のはちょっと強すぎたわねぇ……」

「うぅ、魔王に言い訳のしようもないお説教されるなんて……」

「お酒臭すぎて、ラヴィまで気持ち悪くなっちゃう！　そのまま、もう少し反省してて!!」

部屋に充満するアルコール臭に顔をしかめたラヴィは、少し深呼吸でもしようと不機嫌をあらわに荒い足取りで小屋を出ていった。

「まあ、あたしはともかく……メーリスさんの酔い方は、さすがにちょっと……ねぇ？」

言いつけを破ることなく律儀に正座を続ける莉茉が、同じく隣で正座を続けるメーリスにチクリと突っ込む。

「し、失礼ね！　私は別に、何も……その……」

寝起き早々、ラヴィに叱られ、セシルに冷たい目で睨まれ、おまけに酷い頭痛と不快感で曖昧だったメーリスだが、からかってくる莉茉に言い返そうとした刹那、ようやく昨夜の記憶が蘇ってきた。

教団に対する愚痴を遠慮なく吐き出した上、自分が罠にかけた男にしがみつき、『お父さんになれ』などと訴えた挙げ句、そのまま眠りこける。

「あっ、うっ、ああ……」

とても平静ではいられない暴走っぷりに、昨夜以上に顔が赤くなるのを止められない。

「あははっ、思い出しちゃった？　酔っても記憶が残ってるタイプって、やっかいよねぇ」

「あんまりいじめるなよ、莉茉。あー……その……メーリスさん、いろいろ大変そうだけど、俺でよければ相談乗るし……」

幸太がいじめっ子モードになっている妹をたしなめつつ、声をかけた直後。

「わ、私……出直してきまーすっ!!」

とても羞恥に耐えられなくなってしまったメーリスは、飛び上がるように立つと、そのまま一目散に小屋を駆け出していってしまった――。


(ああ、私ったら何をやってるのよー！　よりにもよってあいつらの前で、全部弱みをさらした挙げ句にあんな……うぅっ)

勢い余って町の外まで駆けたメーリスは、羞恥に火照りが増す頬を両手で押さえつつ、自分を責め続けていた。

あそこまで自分をさらけ出してしまった今、ここそこ暗躍して四人の中を引き裂くような策略は、もう取れないだろう。

(ああ、もうっ、どうすればいいのよ！　いつまでも時間をかけてたら、またあのハゲから呼び出しがかかって……)

忌まわしい上司のことを思い浮かべた、そのとき。

「呼び出す手間が省けたな」

どこからか、その上司――コーヴィン司祭の声が聞こえたと思った直後、身体がふわりと浮かび上がり……次の瞬間、森の中に転移していた。

「えっ、ここは……」

どうやら、短距離の転移魔法をかけられたのだと気づいた直後、メーリスは目前の光景に目を丸くした。

「ふん、お前ではどうにもならんと思ったからな、私が直々に手を下すこととなった。……頼もしい協力も得られたのでな」

そこに立っていたのは、相変わらず不機嫌そうな小太り中年ハゲ男のコーヴィン。

そして――。

「ふん、人と馴れ合う軟弱者のクズのくせに、手こずらせてくれた」

全身が毛に覆われた、メーリスの倍ほどの背丈がある魔族――純粋なパワーでは、魔族の中でも有数のものを持つと言われているオーガ族の戦士。

独特の赤毛と、手に持つどくろの飾りがついた斧には、メーリスも覚えがある。

(『殺戮の嵐』……ブロック!?)

人の血を見ることを何よりも好むと言われる好戦的なオーガの戦士であり、その悪名は広く恐れられている。魔族の中でも相応の地位を持つと推測される大物だ。

そして、何より――。

(ラヴィ……ちゃん?)

その肩に、まるで荷物のように担がれている黒髪の少女。それは先ほど、小屋で自分をお説教していた愛らしい魔王に間違いない。

(どうしてラヴィちゃんが捕まって……? それに、コーヴィン司祭が、こんな恐ろしい魔物と一緒に、ここにいるって……どういうことなのよ!?)

まだ酔いが残っているのかと思いたくなる、自分の常識ではあり得ない光景。

何も言えず絶句しているメーリスに、コーヴィンは冷たく指示を下す。

「グズグズするな、貴様にも働いてもらうぞ。何しろ、これから……この地で、勇者と魔王の戦いが繰り広げられることになるのだからな。くくくっ!」

コーヴィン司祭の不適な笑い声と、ラヴィを担いだ巨体の魔物、ブロックの荒い息。

それが幸太たちの穏やかな日々に終わりを告げる合図となったのだった——。

八章　『父』の怒り

「セシルちゃん、そっち！　何匹か抜けていったわ……！」

「うん……大丈夫。リマさんも、気をつけて!!」

「平気、平気っ♪　こういうときのために、ちゃーんと魔法の訓練、こっそり頑張ってたんだから……いくわよ、術式、最終段階限定解除っ！　あたしの声に応えて、精霊たち、すべてを凍てつかせる極寒の嵐よ、吹き荒れよっ!!」

莉茉が詠唱とともに杖を振りかざすと、突如、数歩先も見えなくなるほどの吹雪が巻き起こり、殺到してきていた数多くの魔物たちを氷の中に閉じ込めていく。

それでも、他の魔物を盾にしたのか、数体の魔物たちが五体満足のまま抜けてくる。

——だが。

「……ここから先は、一歩も通さないっ！」

それらは立ちはだかるセシルの手で、悲鳴を上げる間もなく斬り伏せられていった。

「みんな、急いでっ！　さあ、奥の広場のほうへ集まって……早くっ!!」

危なげなく無双を続けるふたりの様子を背で窺いながら、幸太は悲鳴を上げる町の住民たちを必死に避難させている。

（クソ、どうなってるんだ、一体！）

ほんの小一時間ほど前までは、いつもどおりの平和でのどかな雰囲気だったのが、嘘のような状況。

莉茉たちの酒臭さに閉口して外の空気を吸いにいったラヴィの帰りが遅いと、みんなで町へ探しに来た直後、突如、今まで見たことがないくらい魔物の大軍勢が、こうして押し寄せてきたのだ。

魔王であるラヴィを狙い、いつかはこうした『敵』がやってくるのではないかと警戒を怠っていなかった幸太たちだが、まさかこれだけの数が一気に攻めてくるとは、完全に想定外だった。

それでも勇者セシル、そして聖女莉茉の力は偉大で、今のところ町の入口で攻め込んでくる魔物たちを押し返すことができている。

「頑張ってくれ、ふたりとも……っ」

彼女たちの保護者でありながら、住民の避難など裏方仕事を手伝うのが精いっぱい、それ以上何も助ける力を持たない自身の不甲斐なさに、幸太は歯を食いしばってしまう。

旅をしていた最中、幾度となく味わった無力感。

最近は戦いと無縁の日々が続いていただけに、久しぶりに湧き上がるそれは何とも情けなく、耐えがたいものだ。

(大丈夫だ。セシルと莉茉は強い……それより、俺はできることをしないと)

幸太はそう自分自身を奮い立たせ、町の住民たちの避難誘導を続けつつ、合間にラヴィの姿を必死に捜し続ける。

ついでと言っては申し訳ないが、同じく小屋を飛び出していったメーリスのことも気にかけているのだが、ふたりの姿はいまだに見つけることができないでいた。

幸太が町を右往左往駆け回っている間に、魔物の軍勢を相手しているセシルと莉茉の戦いは佳境を迎えていた。

「はぁはぁ、凄い数ね、本当……でも、そろそろ終わり！　セシルちゃん、とっておき出すから、ちょっと下がって……さあ、いくわよ!!」

前線に立つセシルをそう言って下がらせた莉茉が、今までにないほど真剣な目差しで杖を高々と掲げる。

「魔法の神髄……見せてあげるわ。あまねく星々の輝きよ、聖女莉茉の名の下に命じる。我らの前に立ちはだかりしあまねく生命を、汝らの怒りで裁きたまえ！」

詠唱とともに杖を振り下ろすと、空から無数の流星が降り注ぐ。

獣型、鳥型、そしてひときわ巨大な龍種。

まだ優に百を超える数の魔物の軍勢が残っていたのだが、それらすべてが流星群に飲み込まれ、消滅していく。

「……凄いです、リマさん。こんな魔法……見たことない……」

勇者であるセシルすら圧倒されて目を丸くする大魔法。

わずかに生き残った魔物たちも文字どおり尻尾を巻いて逃げ出したのを確認し、莉茉は荒く息を切らしながら杖を下ろす。

「あはは……魔法の原理っていうものをだいたい理解できてきたから、あたしがゲームで覚えた魔法、実現できないか試行錯誤して試してみたのよね。……大成功だけど、さすがにちょっと魔力使い過ぎたかも……もう、限界……」

強がって笑顔を取り繕う莉茉だが、さすがにこれだけ派手な魔法を使えば消耗も尋常ではなかったのだろう、その場にへたり込んで立てなくなってしまう。

「おい、大丈夫か、莉茉！　セシルも、怪我は⁉」

ちょうどそのタイミングで駆けつけた幸太が、ぐったりしている妹に肩を貸し、傍らで見守るセシルの様子をうかがう。

「大丈夫。……おとーさん、ラヴィは……見つからない？」

「……ああ。メーリスさんも見当たらない……ふたりとも無事だといいけど……いや、大丈夫だ。もしラヴィが魔物たちに捕まっているなら、こんなに犠牲を出してまで、執拗に町へ攻め込もうとしてこなかったはずだし……」

今は落ち込んでいても仕方がない。

何とか前向きに考えようと、幸太がそんな予想を呟いたときだった。

「おおおっ、さすがは勇者セシル、そして異世界より召喚されし聖女さま！　見事な戦いぶりでしたぞっ‼」

芝居がかった声、そして拍手とともに背後から近づいてきたのは、聖衣を身に纏った小ぶりな中年男の司祭。

セシルはもちろん、幸太、莉茉にも見覚えがあるその男は――。

「あなたは……コーヴィン司祭」

幸太たちが召喚された現場にもいた大司教直属の幹部、コーヴィンに間違いなかった。

（どうして、この人がこんなところに？）

明らかに自分を邪魔扱いし、メーリスに排除を命じた人物である可能性が高い。

そんな男がこの危機的状況に突如現れたのは、明らかに違和感がある。

「……コーヴィン司祭……王都にいるはずのあなたが、どうして？」

「いやいや、この魔族の領地が近い地域にも、そろそろ本格的にエルム教団を根付かせなければいけないと前々から課題に挙がっておりましてな。最近、勇者さまがこの辺りに滞在されているという話を聞き、それならばちょうどいい機会だろうと、布教の旅を続けている最中なのですよ」

幸太だけではなく、セシル、そして莉茉も疑いの目差しを向ける中、それをまるで気にする素振りも見せないコーヴィンは堂々と言い放つ。

「今朝、この町にたどり着き、広場で布教を始めようとしたところ、この騒ぎで……勇者さまがお休みの間に、魔族どもの勢いが増してきているようですな？」

「そんな……」

ニコニコと笑顔を取り繕いつつ、しかし目だけは冷たく暗い光を浮かべたコーヴィンの言葉に、セシルは悲しげにうつむいてしまう。

「ちょっと待ってくれ。セシルに責任はない！　そもそも、魔族たちは……」

魔王が敵ではない。

その事実を彼らが受け入れてくれるかどうかはわからないが、とにかく説明だけはしてみようと、幸太が口を挟んだ——直後。

「コーヴィン司祭！　指揮していた魔族らしきものを捕らえました!!」

コーヴィンが連れてきたらしい、エルム教団の紋章が入った甲冑に身を包んだ騎士たちが、自分たちの半分ほどの背丈の、尖った鼻と耳が特徴的な魔族を引き連れてやってきた。

怯えた目で視線を泳がせる小柄な魔族は、確か『コボルト』と呼ばれている。すばしっこさとずる賢さが特徴の種族だと、幸太も旅立ち前に習った記憶がある。

「ゆ、許してくだせぇ！　俺っちたち、ま、魔王さまに脅されて無理矢理働かされていただけなんだっ。どうか、どうかお慈悲をっ！」

いきなり地面に突っ伏して訴え始めたコボルトの言葉に、幸太たちは揃って目を見開く。

「ちょっとあんた、何を言ってるのよ！　魔王に脅されてって……」

「ほ、本当だ！　魔王ラヴィニア……見た目はちっこい娘っこのくせして、情け容赦ない、恐ろしい魔王なんだ……俺っちたちは家族を人質にされて……ぅぅっ」

すぐさま噛みついた莉茉に、コボルトは顔を地面に伏せたまま、怯えきった声で言う。

その騒ぎに、危機が去ったらしいと避難から戻りつつあった町の住民たちも、不安そうにざわめき出す。

「魔王……噂に聞いていたけど、本当に……」

「もしかしたら、今にもまた攻めてきたり……ひぃっ、冗談じゃない！　は、早くどこか遠くまで逃げないと……」

「畜生、魔族どもめ！　クソ、お、お前も本当はスパイなんじゃないのか？」

「なっ……ふざけるな！　俺たちだって迷惑してるんだぞ、勝手な真似をされて……おい、やめてくれ、俺は違う、無実だっ!!」

最近、ずっと情勢不安が続いていたところに、突然の襲撃を受けたのだ。町の住民たちはすっかりパニックを起こし、騒動は急速に広がっていく。

不安に嘆き崩れ落ちる者。

普段は種族の壁を越えて付き合っていた知人の魔族を口汚く罵る者。

それに言い返すが、殺気立つ周囲の人々に気圧され、悲しげに逃げ出す、罪なき魔族。

ほんの数時間前までの平和が嘘のような光景に、幸太たちは打ちのめされてしまう。

（どういうことだ、これは……おかしい。ラヴィがそんな真似するはずがない！）

声を大にして訴えたい幸太だったが、すっかり魔王の仕業ということで話が広まってしまっている現状、確固たる証拠もなく否定することはできないと唇を噛みしめる。

「おにぃ……いくらなんでも、タイミングおかしすぎ……これって……」

隣に立つ莉茉が、周囲に気づかれないように耳打ちしてくる。

ラヴィがいなくなった途端、今まで近場で姿を見かけることもなかった魔族や魔物が襲来してきた上に、それを撃退してすぐ、王都にいるはずのコーヴィン司祭が部下の騎士たちを連れて姿を現した。

偶然にも逃げ遅れた魔族——しかも、事情を知っているそれなりの地位にいそうな者を捕らえられたなど、すべてが都合よすぎる。

（まさか……いや、でも、そんな……）

エルム教団と、ラヴィを無理に魔王の地位に押し込み、その名前だけを利用していた魔族の一部が繋がっているのではないか。

莉茉が口にしていた疑惑が、ここにきて一気に真実みを帯びてきた。

（でも、どうする？　何か証拠がないと……）

すぐにはいい手が思いつかずに押し黙ってしまう幸太より早く、コーヴィン司祭がざわめく町の住民たちへ仰々しい口調で語り出した。

「案ずるな、神に見守られし我が子らよ！　幸いにも、ここにおわすのは、我らエルム教団が誇る、今代の勇者セシル、そしてそれを導き支える聖女リマどのなのだ!!」

そう言って指さされたセシルと莉茉は、突然の紹介にすぐ反応できない。

「えっ、勇者さま……本当に!?」

「でも、確かにあれだけの魔物を倒していた強さ……普通じゃない！」

「おおっ、あのリマちゃんがまさか聖女さまだったなんてっ!!」

その間に、不安に怯えていた町の住民たちは、『これで救われる』という希望に目を輝かせて大騒ぎを始める。

教団の騎士たちがすぐさまセシルたちを守るように立ってくれたので大丈夫だが、そうでなければ殺到してきた住民たちに囲まれていたであろう熱狂っぷりだ。

その勢いに飲まれて呆然としているセシルたちに、コーヴィンが問いかけてくる。

「セシルさま、リマさま、この哀れな町の人々を見捨てることなどできませんな？」

「お願いします、勇者さま！」

「恐ろしい魔王を、倒してください!!」

町の住民たちからも口々に救いを求める声を投げつけられ、ますます魔王の正体についてのことなど訴えられる空気ではなくなっていく。

三人で顔を見合わせ、何とか状況を打破できないかと考えていたのも空しく――。

「し、失礼します！　騎士メーリス、調査より戻りました。その……ち、近くに、おそらく魔王が隠れ潜んで拠点にしているであろう、洞窟を発見いたしました!!」

ダメ押しとなる、あまりにも都合のよすぎる報告が、今朝まで三人と一緒にいたメーリスの手でもたらされたのだった。

『さあ、勇者セシルさま、今こそその手で魔王を打ち倒し、勇者としての使命を果たすときです！　我らはここで、その勝利をお祈りいたします!!』

芝居がかった口調でいうコーヴィン司祭、そしてその演説に乗せられて熱狂する町の住民たちの期待を裏切ることなどできず、幸太たち一行は『魔王討伐』のため、メーリスが見つけたという『魔王の隠れる洞窟』へ向かっていた。

「さ、さあ、こちらです、セシルさま……その、あちらの洞窟に……潜んで……その……」

案内役として同行するメーリスが指差す先——町から一時間ほど歩いた、山の裾野にある洞窟の前で、一同は足を止める。

「確かに、敵意を感じる。……かなり強い力……間違いなく、何か……待ち受けている」

思い悩み、暗い表情が続いているセシルだが、それでも勇者としての厳しい訓練で磨き上げてきた力が、敵の気配を察知したようだ。自然と剣に手が伸び、早くも臨戦態勢を取っている。

「ふーん……あたしはまだ魔力が回復してないから、ちょっと戦闘で役に立てそうにないんだけど……はぁ……困ったわね。足手まといになるし、ここで待ってたほうがいい？」

先ほどの戦闘で派手な魔法を使いすぎた疲れが色濃く残る莉茉は、ここまで歩き続けた疲労も影響しているのか、あまり顔色もよくない。

「で、ですが、その……全員一緒にいかないと……いえ、その……」

しかし、進軍を促してくるメーリスは、それに輪をかけて顔色が優れない——というより、病人そのものの真っ青な状態だ。気まずげにずっと視線を泳がせつつけ、落ち着かない様子が続いている。それが昨夜の深酒が影響した二日酔いではないのは、幸太たちも察しがついていた。

「その……罠……なんだよな、これって」

いつ切り出そうか迷いながらここまできたが、さすがに決断するときだ。

幸太は覚悟を決め、三人を代表してメーリスに問いかける。

「えっ？　あ、あのっ、それは、ですね……そのっ、あのぉ……」

「……ラヴィが悪いこと……するわけがない。ラヴィは、もうおとーさんを悲しませたり、心配させたりするような真似、絶対にしないって約束してた……」

「というか、今朝まで家で一緒にいたラヴィちゃんが、いきなり魔王として大群率いて攻め込んでくるとか……事情知ってるあたしたち視点じゃ、無理ありすぎだもんね」

言いよどむメーリスに、セシルと莉茉が口々に突っ込みを入れる。

ずっと魔王と同居していたと町の人々たちの前で話して説明しても、コーヴィンの演説で魔王への敵意剥き出しとなっているみんなに信じてもらえそうになかった。

だから黙ってここまで従うしかなかったが、どう考えても何か裏があるのに間違いない。

「ラヴィじゃない……誰かが魔王を名乗ってる？」

「それくらいの陰謀なら可愛いものだと思うけどー……ねぇ、メーリスさん、魔王の軍勢が攻めてきてる危険地帯に、いきなり教団の偉い人が現れると、凄い偶然よねぇ」

セシルの予測に続き、莉茉がじっと攻めるような目差しでメーリスを睨む。

「それは、あ、あの……私もさすがに無理がありすぎるってわかってるんですけど、それでも……私、教団の騎士で……せ、生活かかってるしっ、ううぅっ」

無茶ぶりをされすぎたメーリスもいい加減限界なのだろう、もうすべて吐き出して楽になりたそうにしているが、それでも最後の何かが吹っ切れず言葉を濁していた。

その様子を見ていた幸太は、いたたまれなくなって声をかける。

「メーリスさんさ……その……世の中、その気になれば仕事なんて他にあるもんだよ」

「えっ？　な、何をそんな無責任なっ！　私はずっと教団の中で生きてきて、教団の中でしか生きられない女なんですっ‼　所詮は勇者になれなかった落ちこぼれだしっ……うぅっ、どうしてこんなこと、素直に話して……ああ、もうっ！」

昨夜、酔いに任せて弱音を吐き尽くした記憶が頭の芯に残っているからか、割り切れない弱みを吐露してしまったメーリスに、幸太は『そうじゃない』と首を横に振る。

「それはそう思い込まされているだけだ。一緒に旅している間、メーリスさんのことを見ていたけどさ、騎士として強いと思うし、それに細かいことに気が回って、みんないろいろと助けられてきたよ」

転移者ということもあって、この世界のことにはあまり詳しくない幸太と莉茉。勇者として戦闘にだけ特化していて、一般常識に乏しいセシル。

このメンバーが旅を続けられていたのは、何かとフォローしてくれるメーリスの助けがあったからなのは、間違いない事実だ。

「俺の世界でも、『お前みたいな役立たず、ここでダメなら他で働けない』なんて暴言を吐いて社員を不当に縛り付ける、ブラック企業なんていうのが問題になってたりするんだけど……

正直、エルム教団の、メーリスさんの上司のやり口はそれと同じだ。勇者になれなかったから落ちこぼれなんて、そんなことはない！　メーリスさんは他でも立派にやっていける……だから、本心では従いたくないと思ってるなら……全部、話してくれないか？」

幸太は屈み込み、少し涙ぐんでいるメーリスをじっと見据えて返事を待つ。

「あ、あんたは……っ……何なのよ、そんなに私と歳変わらないはずなのに……ぐすっ、妙に頼りがいあるって言うか……ああっ、もう、いい！　無理無理っ、どう足掻いたって、こんなばかげた計画成功しないんだし、そもそも成功させたくもないわ！　気分悪いっ!!」

ついに吹っ切れたのか。メーリスは決別の証とばかりに、教団の紋章が柄に刻み込まれた剣を地面に叩きつけ、鬱憤を吐き出すように叫ぶ。

「そうよ、罠、全部、あのクソハゲの罠よ！　あのハゲ、よりにもよって魔物とつるんでいて……ラヴィちゃんをさらって、この奥に監禁してるの!!」

洞窟を指差すメーリスの説明は、おおよそ幸太たちが想像していたとおりのものだった。

「やっぱり、そういうことか。それで……無理矢理セシルとラヴィを戦わせようと？」

「戦うならそれでいいし、そうじゃないなら……教団に忠実でなくなった勇者は不要だから、魔王と相打ちになってもらうって……っ……私たちが洞窟に入った後、教団の暗殺部隊が送り込まれる手はずなのよ。奥に待ち構えている魔物たちの軍勢と挟み撃ちにしようと……その、さっきの戦いでリマさんの魔力は切れているし、セシルさまも消耗しているから、きっと上手くいくだろうって……本当、これが代々勇者を育ててきた教団の現状かと思うと、私も涙が出て止まらないわよ、もうっ!!」

投げ捨てた剣を踏みにじって怒鳴るメーリスの言葉に、そこまでのえげつない策略が待っているとまでは思っていなかった幸太と莉茉が顔を見合わせる。

「うわぁ……ちょっと悪役にしてもえげつなさすぎるでしょ、エルム教団」

「……さすがにな……セシル、大丈夫か？」

教団の闇を暴かれ、その教えを信じて今まで勇者として努力を続けてきたセシルのショックも計り知れないものだろう。

気遣う幸太だが、意外にもセシルはさほど動揺を見せず、力強い目差しで洞窟の様子を窺い続けていた。

「大丈夫……魔王のこと……ラヴィのことを知って、ずっと……思っていました。教団の教え……間違ってるんじゃないかって。だから……」

「……そっか。……うん……成長したな、セシル」

教えを盲信し、ただ言われるまま戦っていたセシル。

そんな彼女が、今では自分で考え、自分で真実を見極められるようになったのだと思うと、『おとーさん』として幸太も感慨深い。

「おとーさん……いこう。私、ラヴィを助けたい」

「ああっ、もちろん！　でも、罠をどうするか……」

セシルの強さは知っているが、奥でラヴィを捕らえている魔物は彼女が警戒するほどの力を持っているようだ。

その上、挟み撃ちにされるとなるとさすがに危険だろう。

「おにぃ、二手に分かれよう。あたしはほら、メーリスさんとここに残るわ」

幸太が悩んでいると、莉茉がメーリスの手を引いていきなりそう宣言した。

「はぁっ!?　ちょ、な、何を言ってるのよ、あんた！　ふたりだけで教団の精鋭を相手にしようなんて……いやいや、無理、無理だから！　そもそも、あんた魔力切れ……」

いきなり無茶ぶりされたメーリスは目を見開いて驚くが、莉茉はといえば、まるで気にせず余裕の笑みを浮かべている。

「平気、平気♪　魔法一回分くらいは回復してきてるし、ちょっとだけあなたが時間稼ぎしてくれたら、どうにかできるから」

「信用できないわよ、その軽い口調！　あんたって、本当、聖女のくせに言葉ひとつひとつに重みがないというか、何もかも緩いというかっ……ああ、もう!!」

「何よ～、一緒に酔いつぶれてくだ巻いた仲じゃない、ちょっとは信じてよ」

抗議するメーリスを軽く受け流し続ける莉茉の姿は、確かに不思議な自信に満ちあふれているように見える。

「おとーさん……？」

止めるべきか、受け入れるべきか。

判断できず問いかけてきたセシルに、幸太は少し悩んだ末、うなずいた。

「まあ……莉茉がこういうときは、何だかんだ大丈夫なときだから……」

現状、みんな一緒に奥へ向かうのも危険なことには違いない。

それなら、何だかんだいざというときは頼もしい妹を信じてみる。

「決まりね、おにぃ。ほら、メーリスさんも覚悟決めて。成功したら、またあたしがもらったとっておきの美味しいお酒、飲ませてあげるからさぁ～」

「お酒でつれるほど安い女と思わないでちょうだい！　……まあ、くれるならもらうけど」

メーリスも長々争っている場合ではないと腹をくったらしく、自らの頬を軽く叩いて気合いを入れると、表情を引き締めた。

「セシルさま、中へ入るなら、そこの入口ではなくて、少し奥へ入ったところにある隠し扉を使ってください。そうすれば、細い裏道を使って最深部までいけるみたいなので」

「……わかった。……おとーさん、いこう」

「ああ。……莉茉、あまりメーリスさんに迷惑かけるなよ！」

「おにぃこそ、無茶しすぎないでよね。ラヴィちゃんとセシルちゃんのこと、よろしく」

軽い調子でピースサインを決める莉茉に苦笑しつつ、幸太はセシルとともに駆け出す。

（無事でいてくれ……ラヴィ！）

そう祈りつつ、ふたりはメーリスに教えられた隠し扉から洞窟へ侵入していった――。


「うぅ……」

「ふん、やっとお目覚めか。魔王の名を汚す、混ざり物の出来損ないが！」

薄暗く、底冷えしている洞窟の中。

ラヴィは聞こえてきた忌々しげな怒声で、完全に意識が覚醒した。

「ここ……どこ？　ラヴィは……」

少し痛みが残る頭を抱え、記憶を辿る。

酔っ払って醜態をさらしまくった年上の女性ふたりにお説教した後、その酒臭さに耐えかねて小屋を出て、少し散歩でもしようと森のほうへ向かった直後、いきなり甲冑姿の騎士たちに取り囲まれ――そこから先は何も覚えていない。

おそらくは意識を奪う睡眠魔法でもかけられたのだろうと推測しつつ、自分が手足を鎖でつながれて拘束されていることに気づいた。

「何、これ……誰が……」

「ふん、状況も理解できんのか、小娘が。まったく、魔王の称号を授かっておきながら、脆弱な人間ごときにあっさりと攫われるなど……どこまでも面汚しよ！」

「……あなた……確か……」

無礼な物言いにキッと怒りの表情で顔を上げたラヴィは、正面に立っている巨体の魔族を見て驚きの声を上げる。

赤毛とどくろ飾りの戦斧がトレードマークのオーガ――『殺戮の嵐』ブロック。

それはラヴィを魔王の座に押しやった一派の中でも、特に武勇を誇る魔族であり、それ故に戦う力を持たない彼女を露骨に見下していた、大嫌いな相手だった。

「どうして、あなたが……」

人間に浚われた自分を、どうして魔族が監視しているのか理解できない。

この無礼きわまりない物言いから考え、この男が自分を助け出してくれたということは万が一にもあり得ないだろう。

そんなラヴィの疑問は、暗がりの奥からかけてきた人影が解決してくれた。

「……おい、そろそろ勇者たちが来るそうだ。準備はいいな？」

「ふん、誰に対してそんな口を叩いている？　この俺様が、人間の小娘と、有象無象のクズなどに遅れをとるものか！　貴様らは、俺の斧に巻き込まれないよう、気をつけておけ」

戦斧を振り回しながら言うブロックに追い立てられるかのごとく、再び闇の中へ駆け戻っていく甲冑姿の人影。

その鎧に刻まれていた紋章には、ラヴィも見覚えがある。

「エルム教団……？　どうして……？　まさか……」

「ふん、俺は人間などと一時的にでも手を組むのは不本意なのだが……これもアザエル殿の策略よ。魔王の名を汚す貴様、そして勇者を名乗るさかしい小娘を始末するまでは我慢してやっているだけだ！」

この回りくどい作戦は、武勇を誇る彼には少しもどかしいものなのだろう。

その鬱憤を晴らすように戦斧を地面に振り下ろすと、まるで隕石でも落ちたかのごとく床がえぐれ、辺りに岩の破片が飛び散る。

「きゃああっ!?」

その迫力と音に怯え、ラヴィは我慢できず悲鳴を上げて縮こまってしまう。

「はっ、魔王を名乗るものがどこまでも軟弱な！　計画のためとはいえ、貴様のような混ざり物を一時でも魔王の地位につけること、俺は最後まで反対したのだがな!!」

「うぅっ……無礼者！　ま、混ざり物なんて……」

ラヴィは何とか口調を取り繕い、魔王らしく、本来ならば自らにかしずくべき立場であるブロックの無礼を叱りつけようとするが、その血走った目で睨まれると、全身が震えて止まらなくなるほどの恐怖に襲われてしまう。

目尻が熱くなり、こみ上げてくる涙を我慢するのが精いっぱいという有様だ。

そんな健気な少女の姿も、武勇以外に価値を見いだすことができないブロックには怒りを燃え上がらせる燃料にしかならなかった。

「これだけ愚弄されて、拳ひとつ振り上げることもできんか！　はんっ、その情けなさは、くたばった貴様の父親と同じだ。アレも、俺がどれだけ罵倒してやっても、奇妙な薄ら笑いを浮かべるだけのクズだった」

「つ……うぅっ……」

目の前の巨体の魔族が、自分だけではなく亡くなった父まで愚弄していたと知ると、恐怖を塗り潰すほどの怒りがラヴィの小さな身体に湧き上がってくる。

そんな少女の変化に気づくことなく罵声を浴びせ続けるブロックが放った次のひと言が、小さな魔王を本格的に爆発させた。

「唯一使える力が回復魔法？　ふんっ、そもそも戦いの場で傷つくような軟弱者に、生きる価値などないわっ!!　魔族の王たるものが、そのような力しか使えない役立たずとは……歴史に名を残すこともおぞましい、恥さらしよっ！」

「……うるさい……」

「……何だと？　小娘、今、何を……」

「黙りなさい、無礼者！」

もはや見下ろされても屈することなどなく、ラヴィは勢いよく立ち上がると、厳しい目つきでブロックを睨みつけた。

「我の……ラヴィの回復魔法は、亡くなったお父さまが……今のお父さまが褒めてくれた、大切なものなの！　お前みたいな卑怯者がバカにするなっ！」

「なっ、こ、この俺を卑怯者だとっ！」

「そうでしょう？　人間をバカにしているくせに、人間と手を組んで我をさらうなんて卑劣な真似をして……お前のほうが、魔族の恥さらしだ、愚か者がっ!!」

幸太のおかげで、ようやく自信を持つことができた、亡き父譲りの回復魔法。

それを愚弄されたことを見逃せば、また卑屈な自分に戻ってしまう。

自信を持たせてくれた『お父さま』たちのために、それだけは決して受け入れられることではなかった。

そんな固い意志を赤い瞳に宿して睨みつけるラヴィの姿は、この瞬間、『魔王』の称号に相応しい、言いしれぬ迫力を醸し出している。

「くっ、うう……何だ、この威圧感は……まるでライラさまのような……こ、この混ざり物の出来損ないごときにっ……！」

無意識のうちに数歩後ずさりしてしまっていたブロックは、どうにか踏みとどまると、押されてしまっていた自身を恥じるように全身を痙攣させた。

改めて愛用の戦斧を握り直し、ズシンッと重々しい足音を響かせつつ、今も尚、厳しい顔で睨みつけてくる少女との距離を詰めていく。

「……計画では、これからやってくる勇者とお前を戦わせるということになっている。あの人間ども、勇者が魔王を倒すということにこだわっているらしいのでな」

「っ……セシルが、ここへ？」

それを聞いて、ラヴィは顔を青ざめさせる。

『お父さま』である幸太を通じ、友好を深めてきた少女。

彼女がいまさら自分を倒そうとすることなどありえないと、自信を持って言える。

だが、それでもここへ来るというのなら、きっとそうせざるをえない状況に追い込まれてのこと……おそらく、捕らわれているお父さまやリマも……ダメ、危ない！)

(もしかしてお父さまやリマも……ダメ、危ない！)

危機感が胸いっぱいにふくらんでくるが——今、気にすることはそれよりも自分の身のことだという現実をすぐ思い知らされる。

「だが、もうやめだ！　魔族の恥さらしの始末を人間ごときの手に委ねるなど、やはり俺は認められない！　貴様をここで始末し、勇者もこの斧の錆としてくれるわっ!!」

怒声とともに、ブロックがもはや言葉は不要と戦斧を振り上げ——。

「ひっ……あぁっ……」

その殺気に、また身がすくんでしまったラヴィめがけて振り下ろした刹那。

「……させないっ！」

暗がりから飛び出してきた人影が、岩を軽々と砕くほどの豪快な一撃を剣で辛うじて受け止めたが、勢いを殺しきれずに壁際へ吹き飛ばされてしまう。

「えっ……あ……セ、セシル!?」

我に返ったラヴィは、自分を助けてくれた人影——セシルの元へ慌てて駆けつける。

「うっ……ご、ごめんなさい、ラヴィ……少し、遅くなった……」

壁が砕けるほどの勢いで叩きつけられたセシルは、さすがにダメージが大きいのか、いつになく力ない声で、それでも気遣うラヴィを落ち着かせようと気丈に応えた。

メーリスに教えられた裏の隠し通路を歩いていた最中、殺気が高まっていくのを感じたセシルはひとりで反射的に駆けだした。

幸太に声をかける間も惜しんで全力で走った結果、こうしてギリギリで間に合ったのだが、さすがに体勢を整えて攻撃を受け止めるまでの余裕はなかったのだ。

「うぅ、バ、バカ！　勇者のセシルが、魔王のラヴィを庇って怪我するなんてっ」

「でも……ラヴィも、おとーさんの大切な人……だから……」

「それなら、セシルだってお父さまの大切な人でしょ！　待って、今、治療を……」

泣いている場合ではないと、ラヴィはすぐに気持ちを切り替え、自らの全力を込めた回復の魔法を発動させようと試みる。

だが、それを間近に迫るブロックが見逃してくれるはずがなかった。

「くくっ、まさか勇者のご登場とはなっ！　面白いっ……勇者と魔王を同時に叩き切ったとなれば、俺の名も後世まで残るというものだ!!」

動けないセシル、治療に必死のラヴィめがけ、巨体の魔族が再び戦斧を振り上げる。

「……ダメ、逃げて、ラヴィ……」

「できない！　セシルを置いてなんて……ま、守る!!　ラヴィがセシルだけでも……」

苦しげに息を切らしながら気遣うセシルに、ラヴィは自らの身を盾にしてでもと言わんばかりに覆い被さる。

そんなふたりに戦斧が今にも振り下ろされようとしていたときだった。

「……ふざけるなっ！　お前、何をしているっ!!」

洞窟全体が揺れたのではないか。

そう錯覚してしまうほどの怒声が、辺りに響き渡った。

（……何だ、この感じ……）

半ば無意識のうちに歩を進める幸太は、腹の底から湧き上がる不思議な力に戸惑いながら、自分でも驚くほど乱暴な足取りで目前の恐ろしい魔族との距離を詰めていく。

倒れたまま立てないでいる、セシルとラヴィ。

自分を『父』として慕ってくれる少女たちを害そうとしていたこの魔族に対し、目がくらむほどの怒りを抑えられない。

「な、何だ、貴様？　人間……くっ、うう……」

「そうだ、ただの人間で……その子たちの『お父さん』だ！」

なぜか戦斧を振り上げたまま、金縛りにでもあったかのごとく動きを止めているブロックへそう宣言し、そのままセシルとラヴィを庇うように立ちはだかる。

「ふざけるなよ、お前。よくもうちの子たちに乱暴な真似をしてくれたなっ！」

目の前に立つのは、見るからに強そうな魔族。

セシルが立てないほどの傷を負わされたのだから、自分など、ひと撫であっさり叩き潰されるだろうことはよくわかる。

それなのに不思議と恐怖心は欠片も湧いてこない。

ふたりを守りたいと思えば思うほど、身体の奥から正体不明の勇気と力が湧いてきて、臆することなく敵を睨みつけることができた。

「うぐっ、くっ、何なのだ、この迫力は！　これほどの威圧感……ライラさまからですら感じたことがない……お、おい、出てこいっ!!　手を貸せっ！」

　大人と子供、いや、象と蟻ほどの力量差があるはずだというのに、幸太に対して怯えきっているブロックが苦し紛れに暗闇へ呼びかける。

　いざというときのために控えていたのだろう、そこから彼の配下らしい魔族、同時に送り込まれていたエルム教団の騎士が数名出てきたのだが、無駄なことだった。

「邪魔をするな！　今、俺はこいつと話してるんだっ!!」

　頭に血が上っている幸太が一喝すると、魔物も騎士たちも、揃って顔を青ざめさせ、その場で凍りついたように動きを止めてしまう。

　幸太自身、自分の声にどうしてこんな力があるのかわけがわからないが、今はそんなことよりも、自分を慕う『娘』たちを傷つけた奴らをどうにかするのが先だ。

「恥ずかしくないのか！　こんなまだ小さな女の子たちにあれこれと責任押しつけた挙げ句、自分たちに都合よく利用するなんて……恥を知れっ!!」

「そ、それは……うぅっ……すまん……い、いや、なぜ俺は謝った、今!?　この男……この声……叱られていると、素直に従わなければいけないような気に……くううっ」

　戸惑うブロックは明らかにしょげかえり、肩を落としてしまっている。

　さっきまでの威圧感もどこへやら、お説教されて落ち込む子供のような姿だ。

「反省したなら、今からでも遅くない、全部白状して……ラヴィとセシルに謝れ！」

「うぅっ……ふ、ふざけるな。人間ごときが、いつまでも調子に乗って……こいつ……声を聞かず、姿も見なければ……っ！」

戦士としての意地か、ブロックはまだ怯えたように声を震わせながら、そっぽのほうを向いて戦斧を振り上げる。

幸太の背丈ほどもあるそれがかすりでもすれば、ただでは済まないだろう。

だが、幸太はそれでも恐怖心などまったく感じず、引く気にはならない。

(俺、いつからこんな度胸が……？　わからないけど……今は助かる!!)

諦めの悪いブロックを、今一度怒鳴りつけてやろうかと思ったが――。

「……隙あり」

それよりも早く、立ち上がったセシルが剣の峰で、まるでアッパーカットのごとくブロックの顎を的確に打ち叩いてしまった。

「ぐあああっ!?」

吹き飛ばされたブロックは、悲鳴を残し、白目を剥いて失神してしまう。

「セシル、大丈夫か!?」

「うん……おとーさんが時間を稼いでくれたから……ラヴィが治してくれた」

「……お父さま、凄い。こんなに大きくて強そうな魔族相手に、一歩も引かなくて……」

安心させるように微笑むセシルに続き、立ち上がったラヴィが尊敬の目差しを幸太へ向けてくる。

ふたりとも、どうやらもう大丈夫らしい。

ホッとすると同時に、今まで感じていた不思議な力が幸太の中から少しずつ消えていくのがわかった。

(って、まだ安心できる状態じゃないのに、消えるな、力！　敵、残ってるぞっ!?)

慌てる幸太だが、幸いにも他の魔物や騎士たちは、ブロックが一撃でKOされたのを見てますます恐怖し、凍り付いてしまっている。

「おとーさん、ラヴィ、後は大丈夫。……私が頑張る。……正直、私も……今、凄く怒ってるから……少し、暴れたい」

普段どおりの遠慮がちな口調ながら、セシルは微笑を浮かべている。

だが、それが先ほどまでの幸太に匹敵するほどの迫力を醸し出していた。

「ほ、ほどほどにな、セシル。その……後で今回の騒動の証人として、いろいろ話してもらったほうが都合いいしさ」

「うん……わかってる。ほどほどに……叩きのめす」

そう呟いた後――見守る幸太とラヴィ視点では、『これがほどほどなのか？』と少し疑いたくなるレベルで、セシルの大暴れが始まったのだった。

こうして、洞窟内の敵をひととおり気絶させ、後で連行しやすいように縛り上げてから入口へ戻った幸太たちを待っていたのは――。

「な、何だ、これ……？」

　セシルとラヴィがすぐさま顔を顰め、鼻を摘まんでしまうほどの強烈なアルコール臭が漂う中、真っ赤な顔で倒れ伏す、教団の騎士たち。

「ほら、メーリスさん、もっと何か落書きしちゃいなさいよ！　チャンスよ、チャンス」

「もちろんよ。というか、カミソリとかない？　この未練がましく残してる薄毛、前々から思い切りむしってやりたかったのよ、私!!」

　同じように酔いつぶれて前後不覚になっているらしきコーヴィン司祭を囲み、わいわいと楽しげに盛り上がっている莉茉とメーリスの姿だった。

　近づいて見てみると、コーヴィン司祭の顔には、『バカ』『ハゲ』『強欲ジジイ』などのストレートな悪口が墨でいくつも落書きされ、何とも滑稽な状態になっている。

「おい、どういうことだ、これ……？」

　莉茉たちが苦戦しているかもしれないと、不安を感じつつ足早に戻ってきただけに、幸太は肩すかしを食ったような気分で問いかける。

「あ、おにぃ、お帰りー。ふふっ、これぞ莉茉さんの新しい魔法の力よ♪」

「無茶苦茶よ、あんたの妹は。とんでもなく強いお酒の霧を発生させて、息をした連中を全員まとめて泥酔させる魔法とか……聞いたことも見たこともないわ」

　誇らしげに胸を張る莉茉の横で、メーリスが頭を抱えて首を横に振っていた。

「いやぁ、ここでのんびり暮らしてる間に、いろいろと魔法の可能性っていうものを研究していた成果よ♪　ほら、人間相手に戦うとなると、何か怪我をさせずに無力化できる魔法も欲しいなーって思ってさぁ。ふふふっ、凄いでしょー！　おまけに……ほら、酔って口が軽くなった連中が何人かいたから……証言もばっちりとって、これで録画しちゃったし♪」

自慢げに自らのスマホを取り出して言う莉茉の手際のよさに、幸太は苦笑いするしかない。

「ま、まあ……これでよかった……かな？」

「うぅ、お酒臭い……お父さま、早く離れよう……ラヴィ、気持ち悪くなりそぉ……」

「私も……早く、お家……帰りたい」

酒臭さに鼻を摘まんだまま放せないでいるラヴィとセシルが、いつものように左右の腕に寄り添ってくる。

この温もりをしっかりと守ることができた。今はそれでよしとしよう。

「とりあえず、戻って……町の人たちに協力してもらおうか。洞窟の中にいる連中もだけど、これ、全員運ぶのは荷車か何かないと無理だしさ……ははっ」

勇者と魔王を巻き込んだ大騒乱——エルム教団と一部魔族の癒着が露呈した、歴史的な大事件は、その規模の割りに双方大きな犠牲者もなく、幕を閉じたのだった。

エピローグ　俺のチートは『お父さん』

——そんな事件から、早くも半年近くのときが流れた。

「セシル、今日はラヴィの番！　ラヴィが一緒に買い物いく約束してた!!」

「……違う、今日は私。だって、ラヴィは昨日もおとーさんとお散歩いってた!!」

「そ、それを言うなら、セシルだって、おととい、ラヴィに内緒でお父さまとふたりで温泉入りにいってたでしょ！　ラヴィ、知ってるもんっ!!」

「あ～……ほら、ふたりとも、喧嘩はダメだって。ほら、町中なんだし……三人で一緒にいけばいいだろう？」

自分の右手にしがみついているラヴィ、左手にしがみつくセシル。

その状態でいがみ合う娘たちを、幸太は苦笑しながら制する。

すれ違う町の人たちは、そんな三人を『今日も仲がいいわね』と微笑ましく見守ってくれているのが、もう慣れたとはいえ、少し照れくさい。

(それにしても……賑やかになったよなぁ、この町)

すれ違う住民たちは、人間はもちろんのこと、様々な魔族も混ざっており、その数は半年前から倍以上にふくれあがっている。

しみじみ思っていると、ちょうど向かいから疲れた表情のメーリスが小走りでやってくるところだった。

「あれ、メーリスさん。今日も仕事ですか？」

「当たり前じゃない。今、とてもじゃないけど休める暇なんてないんだから……ああ、もうっ！　話が違うわ、こんなの!!　教団でこき使われていたときより、ゆとりある生活できると思ってたのに……むしろ、もっと忙しいじゃない！　コータ、あんたももう少し手伝いなさいよ!!　そもそも、あんたの推薦で始めた仕事なんだからっ」

「あはは……俺もできる範囲で頑張ってるんだけどさ、ほら、家事もあるし……」

呼びかけに応じて足を止めたメーリスが嘆くのを見て、幸太は苦笑するしかない。

（町の住民の出入りを記録して、まとめる仕事……まさか、ここまでとんでもなく忙しくなるとは想像してなかったからなぁ……）

まあ、そうなるのも仕方がない。

元は辺境の田舎町でしかなかったここは――今や、勇者と魔王が共存する、この世界の新たな『楽園』と呼ばれ、注目を集める場所なのだから。

同じような事件が起こらないように、釘を刺すため。莉茉はスマホで撮影した事件の真相の映像を、できるだけ世界中に広めようと考えた。

そのために映写の魔法具をかき集めて撮影した動画を複製し、それを町に出入りする商人たちに頼み、方々にばらまいたのだ。

エルム教団が魔族の一部と繋がり、双方にとって目障りな魔族に罪を着せつつ、あくどい方法で利益を貪っていたこと。

今の魔王は平和主義の少女——しかも人間の父と魔族の母を持つ子であり、勇者であるセシルとは『義理の姉妹』のちぎりを結んだ協力関係であること。

ちょうど今のように、彼女たちの『父』である幸太を挟んで仲よく並ぶ彼女たちが、もう争うことなどなく仲よく暮らそうと訴える映像も、同時に世界中へ拡散された。

今までエルム教団の布教で広がっていた価値観が逆転する事実に、世界は大混乱。

当然、認めてしまえば破滅しかないエルム教団はすべてでまかせと否定、事件のすぐ後に更迭されたコーヴィン司祭の独断による行動だったとしているが、それを信じるものはそれほど多くはなかった。

さらに他にいくあてもなく、住民たちからも受け入れられた幸太たちが引き続き住み続けることに決めたこの町は、今は人間と魔族の共存平和の理想郷として世界中に名が知られ、その理想を追い求める人間、魔族が続々集まってきているのだ。

「というか、莉茉も手伝ってるんじゃやなかったっけ？」

「そうなんだけど、あの子、すぐに適当なこと言ってサボって……って、ああっ、そこ、何をやってるのよ、あんたーっ！」

幸太の問いかけに答えたメーリスが、まさにその莉茉の姿を見つけたらしく、怒りの形相で駆け出す。

後を追いかけていくと、食堂のテラス席、莉茉は何人かの魔族や人間たちと、愉快そうにジョッキを傾けている真っ最中だった。

「あれ、どうしたの～?」

「どうしたのじゃないわよ！　あんた、書類整理サボって何を飲んでるのよ!!」

「いや、新入りの人たちに声かけられちゃってさぁ。こうして交流を深めるお手伝いをするのも、あたしたちの仕事でしょ～?　ほらほら、メーリスさんも駆けつけ一杯」

「い、一杯ってあんた……ごくっ……まあ、ちょっとだけなら……」

抗議するメーリスもマイペースな莉茉の誘惑にあっさりと負け、席に着いてしまう。

このまま側にいると、酔ったふたりに絡まれて面倒になるのは、過去の経験で明らかなことだ。

「おとーさん……ここは危ない」

「お酒飲んでるときのリマとメーリスに、近づいちゃダメ」

同じような不安を感じているらしいセシルとラヴィに促されるまま、こっそり立ち去ろうとしたのだが。

「あ、おにぃ、待って！　この魔族の人、面白い能力持ってるんだってさ。ちょっと、おにぃ、見てもらいなさいよ!!」

『一緒に飲もう』ではなく、予想外の引き留められ方をされた幸太は、思わず足を止めてしまう。

莉茉が指差しているのは、向かいの席に座っている小柄な老人。大きな水晶玉をテーブルに置いており、一見して占い師のように見える。

「この人、能力鑑定のプロなんだって。ほら、おにぃ、教団では何か能力があるってことまでしか鑑定してもらえてなかったでしょ？　試しに見てもらいなさいよ」

「それは……ああ、確かに興味あるな」

莉茉の魔法のようにわかりやすい力ではないが、この世界に来て、自分も何か不思議な力を感じることが幾度かあった。

それを知ることができるのならと、半信半疑で老人に歩み寄る。

「ほほっ……なるほど……お前さん……『父親』じゃな」

幸太をひと目見るなり、老人は目を見開いて驚きを浮かべる。

「へっ？　ま、まあ……この子たちにそう呼ばれていますけど……」

腕にしがみついている『娘』ふたりに視線を向けた幸太へ、老人はそうじゃないと言わんばかりに首を横に振る。

「お主の持つ能力のことじゃよ。誰しも普通に持っている『父性』じゃがな、まれにそれが極めて高い、能力として認められるほど凄まじい者が現れるのじゃよ」

「ち、父親の能力？」

あまりに予想外の指摘に、今度は幸太が驚いて目を丸くしてしまう。

「そうじゃ。その能力を持つ者の前では、どんな者も自然と心を開き、その言葉を無視できなくなるという……まあ、他人を洗脳するほど強いものではないがのう」

老人は鑑定はおしまいとジョッキを持って美味しそうに酒を呷り出す。

「なるほど〜、そう言えば、あの偉そうな教団の大司教でも、おにぃには強く出られない感じだったもんねぇ。『怖いお父さんには逆らえない』ってやつ?」

「……ついつい頼りたくなっちゃうのも、そのせい? たいしたことないような、実は意外と凄いような……ふーん……」

聞いていた莉茉とメーリスが、少し納得したようにうなずく。

「父親の能力……か。な、なるほど……」

まったく予想していなかった能力の正体に、幸太は苦笑するしかない。

「……やっぱり、おとーさんは……凄いおとーさん」

「うぅ……お父さまが『お父さま』の能力って……もしかして、もっと娘が増えることがある? そ、それは嫌! セシルとリマだけじゃなくて、お酒に酔うとメーリスまでお父さまに甘えようとして、ラヴィが一緒にいられる時間、少なくなってるのに!!」

感心したように微笑むセシルとは違い、ラヴィはそんな不満を素直に訴えてくる。

「あははっ、大丈夫だよ、多分」

「そうそう。おにぃ、何だかんだ名前が売れて有名になってるのに、まだまだ結婚するあてもないしねぇ〜。独身三十路突入……ご愁傷様」

ラヴィをなだめている幸太をからかうように、莉茉が軽口を叩く。

「三十路は禁句って言ってるだろっ！　ああ、もうっ」

この数ヶ月の間で、とうとうその大台に乗ってしまった幸太は、もう『まだ三十路じゃない』というお決まりの逃げ台詞も言えなくなっている。

これ以上ここにいても、酔っ払いの肴にされるだけだと、幸太はセシルとラヴィを引き連れて逃げるようにその場を離れていく。

「それにしても、『父親』の能力って……ははは」

まあ、それも両親亡き後、妹の親代わりとして奮闘してきた日々が与えてくれたものだと思うと、少し誇らしくも思える。

「おとーさんは最高のおとーさんだから……もっと『娘』が増えても、私……お姉ちゃんとして頑張ります……うん。ラヴィみたいに、わがままは言わない……」

「う、嘘だもん！　セシルだって、お父さまと一緒にいられる時間減ったら、絶対に文句言う！　ラヴィはわかるもん!!」

「だ、大丈夫、本当に増えない、増えないから！」

まだいない新たなライバルを想像し、ギュッとより強くしがみついてくる勇者と魔王。

彼女たちをそう言ってなだめながらも、幸太は少し不安を感じていた。

（でも……この世界で暮らし続けていたら、また何かあるかもな……）

自分たちを召喚したエルム教団と敵対関係になってしまった現状、元の世界に戻る見通しは立っていない。

魔族たちも、アザエル率いる過激派と魔王であるラヴィの意志に従おうという穏健派がはっきりと二派に別れ、今のところは小康状態を保っているものの、いつ本格的な衝突が起こってもおかしくない状態が続いている。

自分たちがどれだけ平穏に暮らしたいと思っていても、世界がそれを許してくれないかもしれない。

(そうなると……また、新しい出会いがあったり……)

幸太は心の中で呟き、自分に抱きついている少女たちを交互に見つめる。

勇者の仲間になる聖女——そのついでに召喚された自分が、ふとしたきっかけで勇者から父のように慕われ、それを疎まれて追放された先で、今度は偶然にも家出中の魔王と巡り会い、紆余曲折を経て同じように父として慕われるようになった。

二度あることは三度ある。

この異世界での生活が長く続くなら、またそんな偶然が起こるかもしれない。

(……まあ、そのときはそのときだ！)

幸太は腹をくくり、しがみついている愛娘たちを促す。

「さあ、買い物して帰ろう。今日の晩ご飯、どうするかな～」

「……私、カレーがいい……辛いの」

「そ、それはダメ！　ラヴィは甘いのがいい!!　絶対、甘口！」

「……甘いと、カレーじゃない。……ラヴィは好き嫌いが多すぎる」

「セシルの好みが極端なだけだもん！　うぅっ、お父さま〜！」

「はいはい、ちゃんと分けて作ってあげるから大丈夫だって。その代わり、一緒に手伝ってくれよ」

仲よく喧嘩する勇者と魔王——本来なら剣を交える運命にあったふたりが、自分という存在を挟み、こうして家族として同じ時を過ごしている。

『ついで』で召喚された、『父親』という奇妙な能力しか持たない自分でも、こんな幸せな偶然を起こせるのだ。

可愛い娘、そして異世界でもマイペースな妹のために、今までもこれからも、自分ができることを全力でやるだけだ。

（それが……『お父さん』ってもんだよな）

幸太の異世界でのお父さん生活は、まだまだ続く——。

《了》

あとがき

はじめまして！　になる読者のみなさまが多いと思います。

このたびはお買い上げいただき、ありがとうございました!!　栗栖ティナです。

勇者と魔王、本来なら戦う運命にあるふたりから、『お父さん』として慕われることになった主人公の物語、お楽しみいただけましたでしょうか。

やさぐれた女騎士に、いろいろダメな妹という個性的な女性陣に囲まれつつ、しっかり『お父さん』としてみんなを支えている苦労人な主人公、この後はどのような物語が待っているのか、いずれご紹介できることができれば嬉しい限りです。


執筆の合間、インスピレーションを得るためには趣味で気分転換というのも大事なこと。

ここ一年ほど、友人の作家さんから誘われたのをきっかけに、ボードゲームにドハマリしております。

最初はボードゲームが備え付けられているカフェやカラオケボックスなどへ出かけて満足していたのですが、次第に自分で買いそろえたくなり、いつの間にか部屋の棚の一段が、ボードゲームで埋め尽くされてしまったという始末。

ゲームそのものを集めるのは簡単なのですが、問題は一緒にプレイする仲間を集めるのはそう簡単ではないということ。

どんどん未プレイの『積みゲー』ばかり増えていくのは、さすがにそろそろどうにかしなければと悩む今日この頃。

ボードゲーム、デジタルゲームとはまた別の面白さがあるので、みなさまも是非！

「カードだけではなく、何か小物がついてるゲームのほうがシステム的なユニークさがあってより面白い」

というのが、いくつかプレイしてみての私の感想になります。

最初は王道中の王道、『カタン』などで楽しさに触れてみてください。

メンバーを最低三人集めなければいけないというのが、なかなか高いハードルですが。

最後にお世話になった方々へ感謝のご挨拶を。

本作完成まで数多くの助言いただいた編集さま、そして素敵なイラストを提供してくださったちょこ庵さま、何より本作をお手に取ってくださった読者のみなさま、本当にありがとうございました。

またお会いできる機会があることを祈りつつ……それでは、この辺りで！

栗栖ティナ

コミックポルカ
COMICPOLCA
pixivコミック
ニコニコ漫画
マンガBANG!
上記サイトにて
好評連載中!!
毎週更新
日曜
話題のコミカライズ作品続々掲載!
©長野文三郎 ©新堂アラタ ©しぶや大根 ©雨宮ユウ ©キシマカズオミ ©sumire
©森崎緩 ©げみ ©sumie ©SANKYO ©一二三書房

BRAVENOVEL
ブレイブ文庫

妹のついでに
異世界召喚された俺、
勇者と魔王のお父さんになる!?

2019年11月28日　初版第一刷発行

著　者　　栗栖ティナ

発行人　　長谷川　洋

発行・発売　株式会社一二三書房
〒101-0003 東京都千代田区一ツ橋2-4-3
光文恒産ビル
03-3265-1881

印刷所　　中央精版印刷株式会社

■作品の感想、ファンレターをお待ちしております。

■本書の不良・交換については、電話またはメールにてご連絡ください。
一二三書房　カスタマー担当　Tel.03-3265-1881
(営業時間：土日祝日・年末年始を除く、10：00～17：00)
メールアドレス：store@hifumi.co.jp

■古書店で本書を購入されている場合はお取替えできません。

■価格はカバーに表示されています。

ISBN 978-4-89199-604-8